गुगली

ज्ञानेश साहू

राजपाल

स्थापित 1912
100 वर्षों की
श्रेष्ठ प्रकाशन परम्परा
राजपाल

ISBN : 9789389373615

GOOGLY (Novel)

by Gyanesh Sahu

राजपाल एण्ड सन्ज़

1590, मदरसा रोड, कश्मीरी गेट, दिल्ली-110006

फोन : 011-23869812, 23865483, 23867791

e-mail : sales@rajpalpublishing.com

www.rajpalpublishing.com

www.facebook.com/rajpalandsons

आभार

सबसे पहले मेरे परिवार को ख़ासकर मेरी मम्मी को क्योंकि उन्होंने ही बार-बार कहानी को पढ़कर मुझे इस कहानी को और दिलचस्प बनाने के लिए कहा।

नोवेल, सौरभ, कमलेश, योगेश, खिलेश—ये वही लोग हैं, जिनके साथ मैंने अपना अधिकांश बचपन बिताया है। उपन्यास की कहानी का पहला भाग भी काफ़ी हद तक हमारी बचपन की कहानियों से प्रेरित है। खासकर वो क्रिकेट का ग्रुप बनाना और गर्मियों में दिन भर क्रिकेट खेलना। अब इन लोगों से मिलना कम होता है, लेकिन इस उपन्यास के माध्यम से मैंने लड़कपन की यादों को अपने दिल में बसा लिया है।

फ़ज़ल, शुभम, हरीश, अनूप और सौम्या—ये वो लोग हैं जो मेरी लाइफ़ के उस फ़ेज़ में साथ थे जब मैं ज़्यादा कुछ भी नहीं था। इंजीनियरिंग में बैक्स थे और स्टार्टअप फ़ेल हो रहा था लेकिन इन लोगों ने कभी मुझे हारने नहीं दिया। हम रेगुलर तो नहीं लेकिन कुछ-कुछ दिनों में एक-दूसरे का हालचाल लेते रहते हैं।

शिवा, सारिका, देबो, कहते हैं कि आप सबके साथ खुश हो सकते हो लेकिन रोना कुछ अपनों के सामने ही आता है। और पोस्ट ग्रेजुएशन के समय यही वो लोग थे, जिनके सामने रोने में मुझे बिलकुल शरम नहीं आती थी। एक और बात, जितना ज़रूरी मैं इनके लिए था उतनी ही ज़रूरी मेरी पल्सर थी। हाँ, उसकी वजह अलग-अलग थी लेकिन पल्सर के कारण हमारी दोस्ती वक़्त के साथ गहरी ही होती चली गई।

अभिषेक, उर्वशी, मेघना, आदित्य, प्राची, सौम्यजीत, शाश्वती और आक्षी—अब इनके बारे में क्या ही बोलना। इनके साथ मेरा कोई एक वाकया ज़रूर हुआ है जहाँ इन गधों ने मेरा दिल जीत लिया। अब इनसे बातें तो न के बराबर ही होती हैं लेकिन मेरी कॉलेज लाइफ़ को खुशनुमा बनाने में इनका रोल बहुत बड़ा था।

और उन सभी को जो इस किताब को पढ़कर अपने स्कूल के दिनों में खो जाने वाले हैं।

बस एक मिनट और, साथ ही उन लोगों का भी शुक्रिया जिनके साथ अब बातचीत नहीं रही, लेकिन हमने कभी साथ में बहुत अच्छा समय बिताया था। कसम से अगर हम आज भी बातचीत करते ना तो बात कुछ और होती।

प्राक्कथन

गुगली भिलाई के ऐसे दोस्तों की कहानी है जो अपनी ज़िन्दगी के सबसे हसीन दौर से गुज़र रहे हैं और जिसमें मैं बहुत ख़ास भूमिका में हूँ। चाहे उन दोस्तों का मिलना हो या बिछड़ना मैं पूरी कहानी में बना हुआ हूँ। और हाँ, इस कहानी में काफ़ी लोग मेरे साथ होंगे। जैसे-प्यार,सपने,उम्मीदें और आशाएँ। कभी हम सभी साथ-साथ होंगे तो कभी बस मैं अकेला। हर कहानी की तरह इस कहानी में भी प्यार छूटेगा। सपने टूटेंगे। उम्मीदें और आशाएँ कहीं रास्ते में ही उतर जाएँगे। लेकिन मैं वादा करता हूँ जो भी पीछे छूट जाएगा उसे मैं वापस अपने साथ लाऊँगा।

मैं न किसी धर्म का मोहताज हूँ, न किसी रिश्ते का और न ही किसी उम्र का। इस कहानी में भी मैंने इन सबसे ऊपर ख़ुद को रखा है। भागती हुई कहानी में कभी-कभी मैं थका भी हूँ लेकिन रुका कहीं नहीं हूँ। आप लोगों की तरह मैं भी इस कहानी को बैठकर सुनना चाहता हूँ, इसीलिए आगे की कहानी सुनाने का ज़िम्मा मैंने आकाश और उसके दोस्तों को दे दिया है। आकाश उन्हीं दोस्तों में से एक है जिनकी यह कहानी है। तो चलिए देर किस बात की। सुनते हैं हम ये कहानी आकाश और उसके दोस्तों की जुबानी।

नवंबर, 2020 — **ज्ञानेश साहू**

भिलाई

मैं दोस्ती हूँ

'कहते हैं दुनिया में खून के रिश्ते के बाद अगर किसी रिश्ते को अहमियत दी जाती है तो वो मैं हूँ। जी हाँ,मैं दोस्ती हूँ। कोई भी रिश्ता सबसे खूबसूरत तभी बनता है जब मैं उस रिश्ते में अपने होने का एहसास कराती हूँ। मसलन माँ जब बच्चों की दोस्त बन जाती है तो वह दुनिया की सबसे अच्छी माँ कहलाती है। जब भगवान और भक्त दोस्त बन जाते हैं तो कृष्ण-सुदामा कहलाते हैं। मतलब मेरा होना ही किसी भी रिश्ते को मज़बूत बनाने के लिए काफ़ी है।'

क्रिकेट वर्ल्ड कप-2007

शनिवार

कहते हैं अगर क़िस्मत अच्छी न हो तो सीधी उँगली को कितना भी टेढ़ा कर लीजिए, घी नहीं निकलता। ऐसा ही कुछ आज इंडियन क्रिकेट टीम के साथ हो रहा था।

राहुल द्रविड़ की अगुवाई वाली टीम आज बाँग्लादेश जैसी फ़िसड्डी टीम के सामने घुटने टेक रही थी। एक के बाद एक विकेट ऐसे गिर रहे थे जैसे कोई कॉम्पीटीशन चल रहा था कि कौन कितनी जल्दी आउट होकर जायेगा। वैसे एक साइड पर हमारे दादा मतलब सौरव गाँगुली विकेट पर फ़ेविकोल की तरह चिपक कर खड़े हुए थे, लेकिन शायद वो भूल ही गये थे कि भैया ये वर्ल्ड कप जो है 50-50 ओवर के मैचों का हो रहा था। सुनील गावस्कर के एक वनडे क्रिकेट में 174 बॉल में 36 रनों की पारी थी और दूसरी दादा की ये पारी भी ठीक उसी डायरेक्शन में जा रही थी।

मेरे घर के ठीक सामने वाले मैदान में एक बड़े से प्रोजेक्टर में मैच चल रहा था। मोहल्ले के सारे लड़के अपनी टोलियों के साथ प्रोजेक्टर के सामने जमे हुए थे। कुछ अंकल भी जो शायद अपनी बीवियों से लड़कर आये थे वो भी सिगरेट फूँकते हुए मैच के मज़े ले रहे थे। ऐसे जमावड़ों की एक खास बात होती है। यहाँ हर कोई तेंदुलकर के जितना ही क्रिकेट का जानकार होता है। कौन-सी बॉल डक करना है और कौन-सी बॉल को सिक्स मारना है सब इन्हें ही पता होता है। ये बात अलग है कि ज़्यादातर लोगों को सही से बैट पकड़ना भी नहीं आता है।

''लो साला, ये दादा भी आउट हो गया। आज टीम की लुटिया डूबने वाली ही है,'' योगेश ने भौंहें तानते हुए कहा।

''हाँ, मुझे भी ऐसा ही लग रहा है लेकिन थोड़ा तो चांस है अभी भी!'' मैंने उम्मीद बनाये रखते हुए कहा।

"काहे का चांस। देखो पूरी टीम 191 पर आउट हो गई। बस हमारा जहीर भाई कुछ कारनामा करे तभी कुछ हो सकता है यार।"

"जहीर ही क्यों, भज्जी पाजी भी तो हैं ना?"

"अबे जहीर भाई की स्विंग का कोई जवाब नहीं है। हमें पूरा यक़ीन है जहीर भाई पूरा मैच पलटने वाले हैं," योगेश ने अकड़ते हुए कहा।

"ठीक है, मान लेता हूँ तेरी बात लेकिन चल अब नन्हे की चाय पीकर आते हैं।"

"हाँ, जल्दी चल सेकंड इनिंग मिस नहीं होनी चाहिए।"

हम दोनों अपनी साइकिल उठाकर सिविक सेंटर की तरफ़ चलने लगे।

सिविक सेंटर भिलाई की सबसे खुशनुमा जगहों में से एक है। यहाँ अक्सर आपको भिलाई के लड़के-लड़कियाँ हाथों में हाथ डालकर चलते हुए दिख जाते हैं। ऐसा नहीं कि ये जगह सिर्फ़ जवां दिलों के लिए ही है। शाम होने के बाद पूरा परिवार आपको हरिराज रेस्टोरेंट में खाना खाता मिलेगा। कभी-कभी कुछ पार्टियों की रैली और कॉलेज के स्टूडेंट्स के नुक्कड़ नाटक भी देखने को मिल जाएँगे। सिविक सेंटर भिलाई के अंदर एक और भिलाई का एहसास कराता है आपको। वैसे यहाँ एक चौपाटी भी है और उसी के कोने में है नन्हे की चाय की टपरी।

नन्हे भाई की चाय पूरे भिलाई की सबसे फ़ेमस है। चाहे स्टूडेंट्स हों या आईएएस ऑफ़िसर, बच्चे हों या जवान, चाहे हाई क्लास वाले हों या मिडिल क्लास वाले, सबने कम-से-कम एक बार तो यहाँ की चाय की चुस्की ज़रूर ली ही होगी। और हम तो यहाँ हमेशा ही आते थे। कभी क्रिकेट मैच की जीत की ख़ुशी मनाने तो कभी हारने के बाद दिल हल्का करने। यहाँ पॉलिटिक्स से लेकर प्यार तक सभी बातों पर चाय पर चर्चा किया करते थे हम। आज भी हम यहाँ मैच के इंटरवल में आये थे।

"साला, लाइफ़ में कुछ भी सही नहीं चल रहा। एक तो इंडिया मैच हार सकती है और..." योगेश बोलते हुए बीच में ही रुक गया।

"और दूसरा क्या? बोलोगे भी?" मैंने तपाक् से पूछा।

"दूसरा ये कि रिज़ल्ट आ रहा है कल शाम को," योगेश ने भारी मन से कहा।

"अरे हाँ, ये वर्ल्ड कप के चक्कर में भूल गया था मैं।"

दरअसल योगेश का एक पेपर अच्छा नहीं गया था और वो फ़ेल भी हो सकता था। मैं उसके चेहरे पर वो तनाव साफ़ देख सकता था। मैं जानता था कि वो बस क्रिकेट की बात सुनकर या खेलकर ही रिलैक्स हो सकता था।

"कल क्रिकेट खेलें क्या? ये वर्ल्ड कप के चक्कर में बहुत दिनों से क्रिकेट नहीं खेल पाए हैं सही से।" मैंने चाय की चुस्की लेते हुए कहा।

"अबे, ये भी कोई पूछने की बात है। कल सुबह मिलते हैं हम मैदान पर और बाक़ी टीम को तुम कॉल कर देना।" योगेश ने एक बड़ी मुस्कान के साथ कहा।

"हाँ ठीक है अब जल्दी चलो सेकंड इनिंग चालू न हो जाये कहीं।"

"चलो और सुनो, वो हमारे भी चाय के पैसे दे देना। हमें अभी पैसे नहीं मिले हैं घर से।" योगेश ने अपनी ख़ाली जेब दिखाते हुए कहा।

"वाह, पैसे तो मैं दे ही दूँगा, लेकिन कुछ नया बहाना तो बनाया कर। हर बार वही बहाना बनाता है।"

"अबे देख, जो पैसे हैं उससे हम बॉल खरीदेंगे और बस एक बार हमें रणजी टीम में सलेक्ट होने दो फिर देखना तुम्हारी सारी उधारी चुकता कर देंगे।"

"मान ली तेरी बात, अब चलें वरना तेरे जहीर भाई तेरे बिना बॉलिंग कैसे करेंगे!" मैंने ताना मारते हुए कहा।

हम वापस पहुँचे ही थे और बांग्लादेश का पहला विकेट गिरा। सही सोच रहे हैं आप। जहीर भाई के खाते में ही पहला विकेट आया है। योगेश का सीना कुछ इंच और चौड़ा हो चुका था। ऐसा लग रहा था कि योगेश की बात सच हो जाएगी और मैच पलट जायेगा। लेकिन तमीम इक़बाल तो मैच जल्दी ही ख़त्म करना चाहता था। धीरे-धीरे वहाँ से लोगों की भीड़ कम हो रही थी और योगेश भी गुमसुम-सा हो गया था। ज़िन्दगी भी अजीब होती है ना। जब लगता है कि सब कुछ हमारे हाथ में है ठीक उसी समय कोई तमीम इक़बाल की तरह आकर मैच अपनी मुट्ठी से छीनकर ले जाता है। इंडिया मैच हार चुकी थी और सन्नाटा पसरा हुआ था। न मैं कुछ बोला और न ही योगेश। बस दोनों अपनी-अपनी साइकिल उठा कर घर चल दिए।

मैं साइकिल चलाते-चलाते बस रिज़ल्ट के बारे में सोच रहा था। सच कहूँ तो मुझे अपने से ज़्यादा योगेश के रिज़ल्ट की चिंता थी। कहीं वो फ़ेल

हो गया तो? लेकिन अभी रिज़ल्ट अगले दिन शाम को आने वाला था। मैंने उसे अगली सुबह पूरी तरह बिज़ी रखने का सोचा। मुझे मालूम था कि ये काम उसका पहला प्यार ही कर सकता था और वो प्यार था—क्रिकेट। इसीलिए मैंने उसी समय उसे मैसेज किया कि कल सुबह होते ही क्रिकेट खेलने ग्राउंड पहुँच जाना और उसने भी तुरंत ही हामी भर दी।

वैसे मैं वही आकाश हूँ जिसके बारे में 'दोस्ती' ने आपको बताया था। मैं आपको धीरे-धीरे हमारी कहानी के सभी पात्रों से रू-ब-रू कराऊँगा। तो सबसे पहले मिलते हैं मेरे परिवार से।

मेरा परिवार टिपिकल मिडिल क्लास है। पापा भिलाई स्टील प्लांट में ऑफ़िसर थे और माँ होममेकर थीं। ये अंग्रेज़ भी कुछ बहुत अच्छे शब्द बना गए ना, जैसे—'होममेकर'। 'हाउस' को 'होम' बनाने वाली एक माँ ही तो होती है वरना सारे घर में तो सन्नाटा ही पसरा रहता है। चाहे स्कूल हो या ग्राउंड, घर पर पहुँचते ही माँ को आवाज़ देना और उनको दिन भर की कहानियाँ सुनाना मेरा रोज़ का काम था। ये तो हुई मेरी माँ की बात, अब मेरे पापा की बारी आती है।

वैसे तो मेरी पढ़ाई-लिखाई पर वो काफ़ी ख़र्च किया करते थे लेकिन बाक़ी सभी चीज़ों के लिए उन्होंने कंजूसी की पीएच-डी की थी। बचपन में तो वो मुझे मेरे बाल कटाने को भी बरगद के पेड़ के नीचे बैठे नाई के पास ले जाया करते थे। नहीं, नहीं वो यहाँ बस रुकते नहीं थे। मेरे बालों को इतना छोटा करा देते थे कि स्कूल में टीचर्स भी पूछते थे, 'कौन स्वर्ग सिधार गया।'

अब बचती है मेरी बड़ी दीदी सुनिधि। वो मेरे से पाँच साल बड़ी थीं, लेकिन कभी लगा ही नहीं ऐसा। घर में सबसे पढ़ी-लिखी होने के कारण मेरी पढ़ाई की सारी ज़िम्मेदारी उन पर थी। वो भी अपने कॉलेज और कोचिंग से टाइम निकालकर मुझे पढ़ाती थीं। और कभी-कभी तो मेरे प्रोजेक्ट के काम भी ख़ुद ही कर देती थीं। इस साल मेरे साथ वो भी मेरे रिज़ल्ट को लेकर उत्साहित थीं, क्योंकि मुझे फ़िज़िक्स उन्होंने ही पढ़ाई थी और मुझे भी रिज़ल्ट का बुख़ार चढ़ रहा था।

रिज़ल्ट का बुख़ार

रविवार

भिलाई की एक बात सबसे जुदा है। यहाँ की सुबह बड़ी जल्दी हो जाती है। चाहे वो मॉर्निंग वॉक करते कपल हों या जयंती स्टेडियम में ठहाके लगाकर हँसते हुए रिटायर्ड ऑफ़िसर या फिर पसीना बहाते हुए सीआरपीएफ के जवान, सभी के अंदर एक अलग-सी बात होती है। यहाँ की रोड भी सुबह से ही भिलाई स्टील प्लान्ट के ऑफ़िसर और कर्मचारियों की शिफ़्ट के अनुसार आने-जाने से चलायमान होती है।

वो गर्मियों का दिन था। मेरी स्कूल की छुट्टियाँ बस ख़त्म होने वाली थीं। इलैवंथ के एग्ज़ाम हो चुके थे अब बस शाम को रिज़ल्ट के आने का इंतज़ार था। सारा दिन बस खेलने और दोस्तों के साथ गप्पें मारने में ही निकल जाता था। रोज़ सुबह बैट लेकर मैदान पहुँच जाना और जी भर के खेलने के बाद खाना खाने को घर वापस आना बस यही रोज़ का काम था मेरा। हाँ, कभी-कभी मम्मी धनिया लाने को मार्किट भेज देती थीं और मैं भी मार्किट जाने के बहाने शिल्पा के घर के आस-पास दो-चार चक्कर यूँ ही लगा लेता था।

शिल्पा मेरी सबसे अच्छी दोस्त थी। वो दिखने में टिपिकल लड़कियों जैसी नहीं थी। उसके बाल छोटे-छोटे बॉब-कट टाइप बिलकुल फ़िल्म, 'कुछ-कुछ होता है' की अंजलि की तरह ही थे। पढ़ने में भी तेज़ थी और बाक़ी लड़कियों के जैसे नख़रे भी नहीं थे उसके। वैसे तो मैं क्लास का टॉपर था। लेकिन उस ज़माने में लड़कियों से कॉपी माँगने के अलावा बिना काम के उनके घर जाना या फ़ोन पर ज़्यादा बात करना घरवालों के लिए शक पैदा करता था। इसीलिए मैं बहुत ज़रूरी काम होने पर ही उसके घर जाता था और बाक़ी बातें करने के लिए फ़ोन पर मैसेज पैक डलवा ही रखा था मैंने।

लेकिन मैं भी कोई कच्चा खिलाड़ी थोड़े ही था। ठीक उसी समय धनिया

लेने जाता जब शिल्पा अपनी दादी के साथ उनके घर के आँगन में बैठती थी। मैं एक नज़र उसे देखता और वो भी मुझे देखकर मुस्कुरा देती थी। बस फिर क्या, मेरा धनिया लाना सार्थक हो जाता था। शिल्पा की मेरे आस-पास मौजूदगी मुझे बहुत सुकून देती थी, क्योंकि वो मुझे देखते ही मेरे दिल का हाल समझ जाती थी। मेरे दिल की किसी भी बेचैनी को वो झट से दूर कर देती थी, शायद इसलिए ही शिल्पा के साथ मेरी दोस्ती अटूट थी।

ख़ैर शिल्पा की दोस्ती के अलावा कोई और मुझे पसंद था तो वो था—क्रिकेट। उन दिनों मेरे घर के सामने वाला मैदान सुबह से ही लड़कों से भर जाता था। ऐसे में सबसे पहले जाकर पिच पर विकेट गाड़ना मेरा काम था, क्योंकि इस मैदान का एक नियम था कि जिसने पहले विकेट लगाया, उसकी टीम पहले मैच खेलेगी और बाक़ी की टीमें उसके बाद बारी-बारी से खेलेंगी। तब तक योगेश पूरी पलटन को लेकर मैदान में पहुँच जाता था। योगेश मेरा सबसे अच्छा दोस्त और क्लासमेट था।

आज भी मुझे याद है जब हम पहली दफ़ा पाँचवीं क्लास में मिले थे। वो स्कूल का पहला दिन था और योगेश क्लास की सबसे कोने वाली सीट पर अकेला बैठा था। मैं उसके पास गया और उसका नाम पूछा। बातों-ही-बातों में उसने बताया कि उसके पापा का अभी-अभी भिलाई स्टील प्लांट में ट्रांसफ़र हुआ है और वो पहले लखनऊ में रहता था। साथ ही उसने ये भी बताया कि वो वहाँ क्रिकेट की कोचिंग लेता था और यहाँ आकर वो क्रिकेट खेलना काफ़ी मिस करता है। और बस फिर क्या था यहाँ से हमारी दोस्ती शुरू हुई और आज तक चली आ रही है। वैसे तो योगेश को लखनऊ छोड़े ज़माना हो चुका है लेकिन उसका बात करने का तरीका अब भी कुछ-कुछ नवाबों जैसा ही है। वो 'मैं' को 'हम' बोलता था तो ऐसा लगता था जैसे पूरी रियासत की तरफ़ से बोल रहा है।

योगेश बचपन से ही क्रिकेटर बनना चाहता था, इसलिए उसका ध्यान पढ़ाई में कम और क्रिकेट में ज़्यादा लगता था। यहाँ भी उसका ज़्यादातर समय क्रिकेट की कोचिंग लेने में ही जाता था। उसी के कारण इन सात सालों में हमने अपनी क्रिकेट की पलटन बना ली थी। हर साल हम नये आने वाले स्टूडेंट्स को हमारी पलटन में रिक्रूट करते रहते थे। वैसे तो हमारी पलटन पंद्रह लड़कों की थी, जिसमें दस मेरी क्लास के, चार मेरे मोहल्ले के और एक अनूप भैया

थे, जो हमारे स्कूल के ठीक पीछे अपना चाय का ठेला लगाया करते थे। लेकिन इस पलटन में भी हमारी कोर टीम थी, जो रोज़-के-रोज़ क्रिकेट खेलती थी। इस कोर टीम में आकाश मतलब मैं, योगेश, कमलेश, राकेश और खिलेश थे।

~

आज पता नहीं क्यों सूरज अपनी तपिश कुछ ज़्यादा ही दिखा रहा था। मैं पिच पर विकेट गड़ा कर पानी पीने घर गया और जब वापस आया तो देखा कि योगेश दूसरे ग्रुप के लड़कों से कुछ बहस कर रहा था। दरअसल मैदान में किसी को न देखकर उन्होंने हमारा विकेट निकाल फेंका और अपना विकेट लगाकर खेलना भी चालू कर दिया था। लेकिन इतने में योगेश आ गया और वो उनकी दलीलें कहाँ सुनने वाला था। ताव में आकर योगेश बोला, ''अबे, अगर दम है तो हमसे एक मैच रख लो। ऐसे लड़कियों जैसे रो क्यों रहे हो।''

उस ग्रुप के सबसे हट्टे-कट्टे दो लड़के,जो अब तक तमाशा ही देख रहे थे, पीछे से निकलकर सामने आये और बोले, ''ठीक है, एक घंटे बाद इसी मैदान पर एक मैच करते हैं और जो हारेगा वो दूसरे ग्रुप के लिए एक सप्ताह तक विकेट गड़ायेगा लेकिन शर्त ये है कि हारने वाली टीम सप्ताह भर तक इस मैदान पर ख़ुद क्रिकेट नहीं खेलेगी। बोलो है शर्त मंजूर?''

योगेश थोड़ा-सा हड़बड़ाया क्योंकि खिलेश, जो कि हमारी टीम का सबसे अच्छा बैट्समैन था, वो आज नहीं आने वाला था। फिर भी योगेश अपनी बाहें तानते हुए बोला, ''उसमें क्या बात है। दस ओवर का मैच करते हैं। लेकिन सिर्फ़ सात लड़कों की टीम के साथ। बोलो खेलोगे?''

''जाओ और अपनी टीम लेकर आओ। हम यहाँ इंतज़ार कर रहे हैं।'' दूसरी तरफ़ से किसी ने बड़े ज़ोर से चिल्लाकर कहा।

''अबे, खिलेश और राकेश तो हैं नहीं अब बता कैसे करें?'' योगेश ने सर खुजलाते हुए कहा।

''कौन बोला था तुमको इतनी डींगें मारने को? मना कर देना था ना? लेकिन तुम कहाँ से मना करोगे भले ही हम मैच हार जाएँ!'' मैंने तमतमाते हुए कहा।

''अबे, तुम ज़्यादा ही डरते हो साले। खिलेश और राकेश नहीं हैं तो क्या

हुआ हम अनूप भैया को बुला लेंगे ना। साथ-ही-साथ मैं हमारे राहुल द्रविड़ मतलब नवदीप को भी बुला लेता हूँ,'' योगेश ने मुझे शान्त करते हुए कहा।

''भाई वो टेस्ट प्लेयर है। टुकुर-टुकुर करके खेलता है। लास्ट टाइम मैंने उसे दो साल पहले सिक्स मारते देखा था। ऐसे कम ओवर के मैच में उसका क्या काम,'' मैं सन्देहपूर्वक बोला।

''फिर भी बुला लेते हैं बे। क्या पता आज चल जाए।''

''ठीक है। फिर मैं कमलेश और अनूप भैया को बुलाकर लाता हूँ और तू नवदीप को बुला ला।''

''हाँ और सुन अपनी बॉल ले आना साथ में। उससे हमारी बॉल बिलकुल सही पेस पर जाती है।''

''ठीक है बस तुम जोश-जोश में नो बॉल मत करना,'' मैंने उसे लास्ट मैच की ग़लती याद दिलाते हुए कहा।

''अरे इस बार हमने उस पर बहुत काम किया है तो तुम उसकी चिन्ता मत करो और जाओ कमलेश और अनूप भैया को बुला लाओ,'' योगेश ने कहा।

नवदीप हमारी क्लास का ही लड़का था। हमारी टीम में जब भी कोई खिलाड़ी कम हो जाता था हम उसे खेलने को बुला लेते थे। ख़ैर फिर हम दोनों सबको बुलाने चल पड़े। मैं वहाँ से सीधे कमलेश के घर गया। कमलेश बिलकुल सीधा-सादा और तमीज़दार लड़का था। वो ज़्यादातर दर्ज़ी के पास से सिले कपड़े ही पहनता था। आँखों में एक मोटा चश्मा और बाल बिलकुल एक तरफ़ से कंघी किये हुए होते थे। घर जाने पर सबसे पहले पानी लाकर देता था फिर आगे की बात करता था। किसी भी माँ-बाप का आदर्श बेटा था कमलेश। जब मैं उस दिन कमलेश के घर पहुँचा तब वो शक्तिमान देख रहा था। मैंने उसे पूरी कहानी बताई और तुरंत चलने को कहा।

''भाई थोड़ी देर में चलते हैं ना। आज शक्तिमान की सारी शक्ति वापस आने वाली है। तू भी देख फिर हम चलते हैं मैच खेलने,'' कमलेश ने बड़ी शांति से कहा।

''अरे भाई, बात समझ थोड़ी। वहाँ योगेश कुछ लड़कों से भिड़ गया है मैच करने के लिए और खिलेश भी नहीं है आज। अगर हमारी टीम का हरभजन सिंह ही नहीं खेलेगा तो हम कैसे जीतेंगे?'' मैंने उसे चने के झाड़ पर चढ़ाते हुए कहा।

''याद नहीं लास्ट मैच में भी तूने ही दो लड़कों को बोल्ड किया था अपनी गुगली से,'' मैंने उसे ये बोलकर भावुक कर दिया था।

''अगर ऐसा है तो मैं भी आज शक्तिमान को सॉरी बोल देता हूँ। आज मेरी फिरकी की बहुत ज़रूरत है टीम को,'' कमलेश सीना चौड़ा करते हुए बोला।

हम दोनों ही जल्दी-जल्दी अनूप भैया की टपरी की ओर साइकिल भगाने लगे। अनूप भैया हमें देखते ही माजरा समझ गये थे।

''अरे ओ, आकाशवा आज नहीं चल सकता रे मैं, देख रहा ना कितना गर्दी हो रहा है टपरी में और ऊपर से तोहार टीचर लोगों का ड्यूटी लगा है आज रविवार को भी। हमार चाय उहाँ भी तो पहुँचाना है।'' अनूप भैया ने अपने बिहारी और हिन्दी मिक्स अन्दाज़ में कहा। वो कभी-कभी बिहारी और हिन्दी के साथ-साथ छत्तीसगढ़िया जो छत्तीसगढ़ की बोली है, उसे भी मिक्स कर दिया करते थे। इसलिए वो लोगों का दिल बड़ी आसानी से जीत लेते थे।

''भैया, चलो ना। वो योगेश का पंगा हो गया है कुछ लड़कों से तो अब मैच में पटखनी देनी होगी हमें उन्हें। आज खिलेश भी नहीं है तो आपके बिना खेल ही नहीं सकते हम।'' मैंने यहाँ भी इमोशनल कार्ड खेला।

''का बात करत है रे तू, वो बकलोल योगेशवा को तनिक समझाता काहे नहीं है रे तू? साला जब देखो लड़ पड़त है कोन्हो से भी।''

''भैया, आज चलो ना इज़्ज़त का सवाल है वरना एक सप्ताह क्रिकेट नहीं खेलने मिलेगा ग्राउंड पर।''

''अइसन बात है तो चल। चाप के खेलेंगे और उन लौंडों को छठी का दूध याद दिलाइल देंगे।''

वैसे अनूप भैया की कहानी ही निराली थी। उनकी ज़्यादातर ज़िन्दगी भिलाई में ही गुज़री थी, लेकिन उनका गाँव पटना के पास कहीं था। हर दूसरी बात में लिट्टी-चोखा और लालू यादव का ज़िक्र ज़रूर करते थे। वो हमारे स्कूल के सीनियर थे। लोग कहते हैं कि कुछ दस साल पहले वो स्कूल टॉपर बनकर स्कूल से निकले थे। और हाँ, दिल्ली के मुखर्जी नगर में यूपीएससी की तैयारी में भी उन्होंने हाथ आज़माया था। लेकिन न क़िस्मत ने कुछ साथ दिया और न पैसों ने। इसीलिए थक-हारकर हमारे स्कूल के बाहर ही उन्होंने चाय की एक टपरी लगा ली और उससे अच्छा-खासा पैसा भी बना रहे थे।

बहरहाल मैं, कमलेश और अनूप भैया जल्दी-जल्दी मैदान की ओर चल पड़े। वहाँ योगेश और नवदीप पहले से ही हमारा इंतज़ार कर रहे थे। मैं अपने मोहल्ले से भी हमारी पलटन के दो लड़के बुला लाया था। मतलब हमारी सात लोगों की टीम पूरी हो गई थी। वो लड़के हमारा इंतज़ार करते-करते वहीं मैदान के कोने में आलस खाते पड़े थे। हमें देख कर वो सब ग्राउंड के बीच में आ गए।

"टॉस के लिए तैयार हो ना?" उनकी तरफ़ से एक लड़के ने कहा।

"हाँ, क्यों नहीं," मैंने भी हामी भरी।

टॉस के लिए सिक्का उछाला गया। हम टॉस जीत गए थे। लेकिन हमने बॉलिंग करने का फ़ैसला लिया। मैंने पूरी टीम को फ़ील्डिंग के लिये सही जगह पर प्लेस किया और योगेश को पहला ओवर करने के लिये बॉल थमा दी। हमेशा की तरह योगेश ने पहले ओवर में ही एक विकेट निकाल कर दे दिया। ऐसा लगा कि हम जल्दी ही सबको निपटा देंगे लेकिन बिलकुल इसके उलट हुआ। उनकी तरफ़ से चौकों की बारिश चालू हो गई। रही-सही कसर कमलेश ने पूरी कर दी। एक आसान-सा कैच टपका दिया। कसम से मुझे तो जडेजा का मैच फ़िक्सिंग वाला सीन दिखाई देने लगा। वो लोग दस ओवर में 82 रन ठोक चुके थे।

खिलेश के बिना वैसे भी हमारी हवा टाइट थी और ऊपर से रनों का पहाड़। मैंने और कमलेश ने ओपनिंग करने को क्रीज़ सँभाली। हमने पहले कुछ ओवर्स तो सँभल कर खेला लेकिन आस्किंग रेट बढ़ाने के चक्कर में एक-एक कर पूरी टीम ऑल ऑउट हो गई और हम बुरी तरह मैच हार गए।

हम जानते थे कि अब एक सप्ताह तक मैदान पर खेल नहीं सकते थे और ऊपर से उनके लिए विकेट लगाने का काम मिला वो अलग ही लेवल का फ्रस्ट्रेशन दे रहा था। हम ग्राउंड के पास वाले नल के पास पानी पीकर बैठ गए। ये हमारी परमानेन्ट जगह थी जहाँ हम मैच के बाद टीम मीटिंग करते थे। आज भी हमने तय किया कि जब तक पूरी टीम न हो ऐसे जोश में आकर कोई मैच खेला नहीं जायेगा। साथ-ही-साथ टीम की बैटिंग को और मज़बूत करने के लिए नए लड़के रिक्रूट करना तय हुआ।

मैच की मीटिंग के बाद सबके चेहरे पर शाम को आने वाले रिज़ल्ट का तनाव साफ़ दिख रहा था। योगेश तो पहले से ही नर्वस था और कमलेश पढ़-लिख कर भी ये बोलकर सबको डरा रहा था कि इस बार पक्का कोई फ़ेल होने

वाला है, ऐसा उसने प्रिंसिपल को बोलते सुना है। अब योगेश की हवा कुछ ज़्यादा ही टाइट हो रही थी। अनूप भैया ने मौके की नज़ाकत को समझते हुए रिज़ल्ट के एक घंटे पहले सबको अपनी टपरी में बुलाया। सभी ने हाँ में सुर मिलाया। अब सभी शाम को आने वाले रिज़ल्ट का इंतज़ार करते हुए अपने घर को चल पड़े।

~

आज स्कूल के बाहर कुछ ज़्यादा ही हलचल दिखाई दे रही थी। हम सब अनूप भैया की टपरी में बैठकर चिल्लम-चिल्ली कर रहे थे, तभी अनूप भैया भगवान के जैसे प्रगट हुए।

"सुनो रे बकलोल प्राणियों, हमार पास एक बहुते बढ़िया ख़बर है। तोहार प्रिंसिपलवा चाहत रहिसे कि कोनों स्टूडेंट ऐ साल फ़ेल न होन पाए।" अनूप भैया ने कहा।

"मतलब हम सब पास हो गए ना?" योगेश तपाक् से बोल पड़ा।

"कितना लबर-लबर करते हो बे, तनिक बोलने दो।" अनूप भैया ने उसकी बात बीच में काटते हुए कहा।

"सब्बो झन पास तो हो गए हैं, लेकिन प्रिंसिपलवा तोहार जैसे गधे के लिए एक्स्ट्रा क्लॉसेस का जुगाड़ भिड़ाइके ही मानेगा। तो कोनों बकलोली मत करना प्रिंसिपलवा के साथ तुम। वरना तोहार क्रिकेटवा भी बंद करा देगा वो बुड़बक," अनूप भैया ने योगेश को समझाते हुए कहा।

अब हम सब निश्चिन्त होकर स्कूल में अपना रिज़ल्ट लेने जा रहे थे, क्योंकि योगेश का पास होना कंफ़र्म हो गया था और बाकी तो वैसे भी पढ़ने में अच्छे थे। हॉल सभी क्लास के बच्चों से खचाखच भरा हुआ था। एक-एक करके सभी क्लास के फ़र्स्ट, सेकंड और थर्ड आने वाले बच्चों के नाम माइक पर अनाउंस हो रहे थे। ट्वैल्थ बोर्ड एग्ज़ाम था इसलिए उसका रिज़ल्ट बाद में आने वाला था ऐसे ही हमारे इलैवंथ क्लास का रिज़ल्ट सबसे लास्ट में अनाउंस होने वाला था। जैसे ही हमारी क्लास का रिज़ल्ट आने वाला था मेरी धड़कनें तेज़ी के साथ चलने लगीं। मालूम था कुछ बुरा नहीं होगा फिर भी हाथ ठंडे पड़ रहे थे। पसीने की एक बूँद बालों से होकर चेहरे से होती हुई शर्ट को गीला करने

को बढ़ चुकी थी। इतने में शिल्पा, मेरा और कमलेश का नाम क्रमशः फ़र्स्ट, सेकंड और थर्ड के लिए अनाउंस किया गया। मैं बहुत खुश था कि कम पढ़ने के बाद भी टॉप थ्री में मैंने जगह बना ली थी। शिल्पा और कमलेश भी खुश थे कि उनकी जगह भी कोई नहीं ले पाया था, इस साल भी। साथ ही यह बताया गया कि इस साल बोर्ड एग्ज़ाम होने की वजह से कल से ही कुछ सब्जेक्ट्स की क्लास चालू हो जायेंगी।

मैं बाक़ी के स्टूडेंट्स के साथ क्लास में जाकर अपना रिज़ल्ट ले रहा था। तभी मैंने एक लड़की को दूर से एडमिशन सेक्शन की ओर जाते देखा। आँखों में एक पतला-सा बिना फ्रेम वाला चश्मा और उस चश्मे के पीछे ढेर सारा काजल उसकी आँखों की ख़ूबसूरती को और बढ़ा रहा था। काले सूट के साथ कानों में लंबे-लंबे झुमके उसे बार-बार देखने के लिए मुझे मजबूर कर रहे थे। मैं उसके पीछे जाकर उससे बात करना चाहता था। लेकिन उसके साथ कोई और भी था शायद उसके पापा थे वो। ख़ैर मैं अकेला नहीं था जो उसे देख रहा था, मेरे साथ पूरी क्लास के लड़के उसे दूर से एक टक देख रहे थे। मुझे योगेश ने आकर कान में बताया कि उसका एडमिशन हमारी ही क्लास में हो रहा है और ये बात सुनकर मेरी मुस्कान और भी चौड़ी हो रही थी। देखते-ही-देखते वो हमारी आँखों से ओझल हो गई, लेकिन पहली ही नज़र में वो लोगों के दिल में बस गई थी। मैं भी अब कल हमारी ट्वैल्थ क्लास के स्टार्ट होने पर उसके साथ इन्ट्रोडक्शन करने का बेसब्री से इंतज़ार करने लगा था।

इन्ट्रोडक्शन धुआँधार

आज का दिन तो कोई पागल ही छोड़ता था। दरअसल आज के दिन ही तो क्लास में नए लड़के-लड़कियों से मिलने और नाम पूछने का सही मौका होता था। मैं तो सुबह से ही नहा-धोकर कपड़ों को इस्त्री करते हुए शाहरुख़ खान के गाने चला रहा था। कोशिश कर रहा था कि पैंट में क्रीज़ बिलकुल सही से बने और साथ-ही-साथ पापा की अलमारी में रखा इत्र भी कपड़ों पर लगा लिया था। 'किसका है ये तुमको इंतज़ार मैं हूँ ना' ये गाना जैसे मैं उसी लड़की के लिए सोच रहा था जिसे मैंने रिज़ल्ट वाले दिन देखा था। मन-ही-मन उस नई लड़की का एडमिशन होने की खबर से पेट में गुदगुदी हो रही थी। बालों में आज नारियल तेल की जगह वो खुशबूदार जैल लगाया था ताकि बाल हवा में बिखर न जायें। जूते भी पॉलिश कर लिये थे। अपनी साइकिल को भी बिलकुल साफ़-सुथरा करके रखा था। इतनी तैयारी करने की वजह ये अंग्रेज़ अपने मुहावरों में ही बता गए हैं ना—फ़र्स्ट इम्प्रैशन इज़ द लास्ट इम्प्रैशन। मैं उसके सामने क्लास में अपना इन्ट्रोडक्शन बिलकुल शाहरुख़ खान टाइप देना चाहता था कि नाम तो सुना ही होगा—आकाश। मैंने तो अपनी स्पीच भी याद कर रखी थी, क्योंकि इंग्लिश की रम्या मैम हर साल के पहले दिन सबको अपना इन्ट्रोडक्शन बोलने को बोलती थीं और वो भी इंग्लिश में ही। हम हिन्दी मीडियम वालों की इंग्लिश तीन टेंस में ही ख़त्म हो जाती थी। इसीलिए दीदी से पहले से ही अपनी स्पीच लिखवा लेना बेहतर था। बस अब 2-3 बार बोलकर उसे पक्का करना बाकी था। मैंने भी दीदी के सामने स्पीच को बोलकर सुनाया।

"माय नेम इज़ आकाश। आई स्कोर्ड 86% इन इलैवंथ। माय हॉबी इज़ प्लेइंग क्रिकेट। आई वान्ट टू डू माय इंजीनियरिंग फ्रॉम आईआईटी मुंबई।"

ये आई.आई.टी. मुंबई वाला डायलॉग दीदी का था। मुझे तो बस याद करके क्लास में सबके सामने उगल देना था। देखते-ही-देखते घड़ी के काँटे

11 पर आ चुके थे। योगेश ने मुझे बाहर से ही आवाज़ लगाई और मैं भी अपनी साइकिल लेकर बाहर निकला। तभी माँ दही और चीनी की कटोरी लाई और मुझे खिलाई। वैसे तो ये एक शगुन ही होता है, लेकिन माँ के हाथ से खाने का कुछ और ही मज़ा आता है। ख़ैर अब मैं और योगेश जल्दी-जल्दी साइकिल से स्कूल जाने लगे।

''अबे, आज तो मज़ा ही आने वाला है, उस लड़की का नाम पता चल जायेगा हमें,'' योगेश ने आँख मारते हुए कहा।

''तुझे ही क्यों पूरी क्लास को मालूम चलेगा बे। तुम भी ना मुँगेरीलाल के हसीन सपने देखने लगते हो।''

''अबे देखो हमको तो कोई ख़ास लेना-देना नहीं होता लड़कियों से लेकिन जब बाकी लड़कों का पत्ता कटते हुए देखते हैं ना तब बड़ा मज़ा आता है।''

''वो तो है ही। याद है ना वो मुंबई से जो लड़की आई थी, उसने कैसे खिलेश को अपने पीछे-पीछे घुमाया था और एक साल बाद जब भिलाई छोड़ भोपाल शिफ़्ट हुई तो उसे अपना नम्बर तक नहीं दिया था।''

''अबे वो कैसे भूल सकते हैं हम। साला खिलेश तब से लड़कियों से दूर भागता फिरता है,'' योगेश ने हँसते हुए कहा।

देखते-ही-देखते हम स्कूल पहुँच चुके थे। वैसे तो हर साल स्कूल का पहला दिन बहुत मज़ेदार ही होता था। लेकिन इस साल हम ट्वैल्थ में पहुँच चुके थे, इसीलिए हम बिलकुल अकड़ कर चल रहे थे क्योंकि न किसी सीनियर की नोट्स के लिए चापलूसी करने का झंझट था और न किसी को विश करने का।

हमारा स्कूल पूरी तरह से हिन्दी मीडियम था जहाँ आज भी इंग्लिश केवल एक भाषा भर थी। स्कूल के हॉल की भीतरी दीवार संस्कृत के श्लोकों से भरी हुई थी और हर क्लास के बाहर भी कुछ-न-कुछ प्रेरक वाक्य ज़रूर लिखा होता था। अनुशासन के मामले में भी यह आर्मी स्कूल से कम नहीं था। स्कूल की शुरुआत प्रार्थना से होती थी और राष्ट्रगान से अंत। लेकिन इन सभी बंदिशों के बीच भी हमें हमारा स्कूल प्यारा था और हम इस कैदखाने से आज़ाद नहीं होना चाहते थे।

आज प्रार्थना के बाद प्रिंसिपल सर हर साल की तरह इस साल भी अपने भाषण के साथ तैयार थे। उनका ये भाषण लगभग सभी बच्चों को मुँह ज़बानी याद था।

"अनुशासन ही सफलता की कुन्जी है। जितना ज़्यादा परिश्रम उतने बेहतर परिणाम। इसीलिए बच्चों आज से ही सब कुछ भूलकर अपने आपको पढ़ाई में झोंक दो।" इतना कहकर उन्होंने वो पेपर जेब में रख लिया, जिसमें वो ये सब लिखकर लाये थे।

"अबे, इतने सालों से प्रिंसिपल सर एक ही बात तो दोहराते हैं तो फिर देखकर क्यों पढ़ते हैं?" योगेश मेरे कान में फुसफुसाया।

"अबे सब तेरे जैसे होशियार नहीं होते ना।" मैंने ये बोलकर उसे चुप रहने का इशारा किया।

जब हम क्लास में पहुँचे तो देखा कि जहाँ वो नयी लड़की बैठी थी, उसके आस-पास के चारों ओर के बैंचों पर लड़कों ने पहले ही कब्ज़ा जमा लिया था। स्कूल की यूनिफ़ॉर्म में भी वो दूसरी लड़कियों से ज़्यादा अच्छी लग रही थी। होंठों पर हल्की मुस्कान के साथ बाक़ी लड़कियों के साथ बात कर रही थी। मैं और योगेश एक-दूसरे को देखकर मुस्कुराये और तभी खिलेश कोने वाली बैंच से चिल्लाया।

"यहाँ आ जाओ तुम लोग। तुम्हारे लिए एक बैंच रोककर रखी है मैंने। और वैसे भी ये इस क्लास में कोई 'ओम शांति ओम' वाली दीपिका पादुकोन नहीं आयी है।"

पूरी क्लास ठहाकों से भर गयी और वो नयी लड़की झेंप कर रह गयी। उसे मालूम था कि खिलेश का इशारा उसी की ओर था। दरअसल पूरी क्लास को खिलेश का किस्सा मालूम है, इसलिए उसकी खूबसूरत लड़कियों से नाराज़गी किसी से छिपी नहीं थी।

खैर इतने में रम्या मैम क्लास में आयीं। उनकी खरखराती आवाज़ और उनके बोलने का अंदाज़ दोनों ने ही लड़कों को उनका दीवाना बना रखा था। उनके कपड़ों से लेकर उनके चश्मे तक सभी चीज़ें दूसरे टीचर्स से इतर और फैंसी होती थीं और वो प्रिंसिपल सर की चापलूसी भी नहीं करती थीं। इसीलिए पूरा टीचर्स स्टाफ़ इन्हें पसंद नहीं करता था, लेकिन वो स्टूडेंट्स के दिलों में रहती थीं। बिना पनिशमेंट दिये वो सबको इंग्लिश पढ़ाती थीं। आज भी वो बच्चों के टूटे-फूटे इन्ट्रोडक्शन को ठीक कर रही थीं। जैसे ही मैंने अपने इन्ट्रोडक्शन में आई.आई.टी. मुंबई वाली लाइन बोली पूरी क्लास ने एक साथ तालियाँ बजा दीं। रम्या मैम ने भी 'वेल डन' बोलकर मुझे शाबाशी दी। अब

लड़कियों के इन्ट्रोडक्शन की बारी थी। एक-एक करके सभी लड़कियाँ अपना इन्ट्रोडक्शन दे रही थीं और जब उस नयी लड़की की बारी आयी तो पूरी क्लास उसे ऐसे देख रही थी जैसे 'लगान' फ़िल्म में गाँववाले गोरी मेम को देख रहे थे।

"हैलो एवरीवन। माय नेम इज़ माहिरा। आई ऍम फ्रॉम रायपुर। आई स्कोर्ड 79% इन इलैवंथ। आई वान्ट टू बी अ टीचर एंड सर्व द कंट्री।"

माहिरा ने अपनी मधुर आवाज़ से यह घोषणा कर दी। पूरी क्लास उसे एकटक नज़रों से देख रही थी कि बाक़ी लोगों की तरह उसने बड़ी-बड़ी बातें नहीं कीं। रम्या मैम ने जब टीचर बनने का कारण पूछा तो उसने बताया कि उसके पापा सरकारी नौकरी करने के साथ-साथ गरीब बच्चों को भी पढ़ाते हैं और वो भी उन्हीं की राह पर आगे बढ़ना चाहती है। उसका इतना बोलना भर था कि पूरी क्लास ने ज़ोरदार तालियों से उसकी बातों को सहमति प्रदान कर दी।

इतने में पीरियड खत्म हुआ और अब बारी थी दुबे सर की। दुबे सर हिन्दी पढ़ाते थे और इंग्लिश से बेइंतहा नफ़रत करते थे। लेकिन रम्या मैम के लिए उनके मन में सहानुभूति थी और एक वही थे, जिनसे मैम खुलकर बात करती थीं। दुबे सर वैसे तो पढ़ाते अच्छा थे लेकिन उनकी हिन्दी उत्कृष्ट लेवल की होती थी जो हमारे जैसे बच्चों के लिए समझ से परे थी। आज भी जब वो मोटा चश्मा लगाए और हाथ में मुंशी प्रेमचंद का *गोदान* लेकर क्लास में पहुँचे तो सबसे पहले उन्होंने द्वारिका प्रसाद माहेश्वरी का कविता पाठ चालू किया—

वीर तुम बढ़े चलो! धीर तुम बढ़े चलो!
हाथ में ध्वजा रहे बाल दल सजा रहे
ध्वज कभी झुके नहीं दल कभी रुके नहीं
वीर तुम बढ़े चलो! धीर तुम बढ़े चलो!

"मेरे प्यारे बच्चों, आप लोगों को सर्वप्रथम तो विद्यालय के अंतिम चरण में पहुँचने पर बधाई। यह आपके जीवन का स्वर्णिम काल होगा, इसलिए इस पड़ाव का हृदय से आनंद उठाइए लेकिन आनंद की पराकाष्ठा में अपने दायित्वों को भूलना नहीं। मेरे पिताजी स्वतंत्रता सेनानी थे, उन्होंने जीवन में बहुत-सी मुश्किलों का सामना करके मुझे पढ़ाया है लेकिन जब आज आप लोगों को ये शिक्षा सहज ही मिल रही है तो आप उसका भरपूर उपयोग कीजिए और भारत माता की सेवा में ख़ुद को न्योछावर कर दीजिए।"

क्लास का माहौल बिलकुल देशभक्ति से भर गया था और तभी योगेश खड़ा होकर चिल्लाने लगा।

''भारत माता की जय। भारत माता की जय।''

और पूरी क्लास उसके साथ चिल्लाने लगी।

''योगेश अपनी देशभक्ति कभी पढ़ने में भी लगा लिया करो।''

दुबे सर सहसा ही बोल पड़े और पूरी क्लास ठहाकों से भर गई।

माहिरा भी अब मुस्कुराना छोड़ खुलकर हँस रही थी और मैं उसकी तरफ़ ही देखे जा रहा था। उसके दाँत क्लोज़अप के विज्ञापन वाली लड़की जैसे ही चमक रहे थे। लेकिन इतने में मैंने देखा कि शिल्पा मुझे एकटक गुस्से से देखे जा रही है। गलती भी मेरी ही थी जो मैंने आज उससे एक बार भी बात नहीं की थी। मैंने कान पकड़कर इशारे से उसे सॉरी बोला। वो भी मुझे इशारे से लंच में मिलने के लिए बोली।

दुबे सर की क्लास के बाद शीला मैम क्लास में आईं। वो केमिस्ट्री पढ़ाती थीं। शीला मैम को उनके गुस्से और कठोर बर्ताव के लिए जाना जाता था। साथ-ही-साथ उनका व्यंग्य और उपहास हमें तीर की तरह चुभता था। वो स्टूडेंट्स से दोस्ती करने में भरोसा नहीं करती थीं। इसीलिए पहले दिन से ही उन्होंने पढ़ाना चालू कर दिया।

''मैं बाक़ी फ़ैकल्टी मेंबर्स की तरह आप लोगों का इन्ट्रोडक्शन लेकर टाइम बर्बाद नहीं करूँगी अपना। इसलिए डायरेक्टली कोर्स चालू करते हैं और वैसे भी इस बार बोर्ड एग्ज़ाम जल्दी हो सकता है। केमिस्ट्री का पहला टॉपिक है—केमिकल बॉन्डिंग। एटम आपस में स्टेबल होने के लिए बॉन्ड बनाते हैं। जैसे सोडियम क्लोराइड, सोडियम के एक इलेक्ट्रॉन देने और क्लोरीन के एक इलेक्ट्रॉन लेने से बनता है। यहाँ सोडियम डोनर एटम है और क्लोरीन एक्सेप्टर एटम है। और हाँ, ये केमिकल बॉन्डिंग आजकल के लड़के-लड़कियाँ मिलकर जो बॉण्ड बनाते हैं उससे कहीं ज़्यादा मज़बूत होती है।''

शीला मैम अपनी शताब्दी एक्सप्रेस चालू कर चुकी थीं और साथ ही अपनी व्यंग्यात्मक बातें भी। उनकी बॉन्डिंग वाली बात को सुनकर सब ठहाका लगाना चाहते थे लेकिन किसी की इतनी मजाल नहीं थी।

इतने में योगेश की हँसी छूट गई, लेकिन मैम ने जब आँखें बड़ी करके योगेश को देखा तो वह चुपचाप आँखें नीची करके दुबक गया। मौके की नज़ाकत

को समझते हुए कमलेश ने संकटमोचक बनते हुए अपना हाथ खड़ा किया।

''मैम, थोड़ा सरल शब्दों में समझाइए ना? समझ नहीं आ रहा है अच्छे से।''

कमलेश ने पूरी क्लास की बात कह दी। शीला मैम भी समझ गईं कि शताब्दी एक्सप्रेस की स्पीड कम करनी होगी। एक लम्बी साँस लेते हुए वो बोलीं,

''जैसे ट्वैल्थ में आने के लिए स्कूल के कुछ बच्चों को टीचर्स ने ग्रेस मार्क्स दिए और उन्हीं मार्क्स की बदौलत वो बच्चे इस क्लास में बैठे हैं। मतलब टीचर्स डोनर्स हुए और वो स्टूडेंट्स एक्सेप्टर।''

शीला मैम ने इस तरह से समझाते हुए योगेश से अपना बदला ले लिया था और पूरी क्लास में तूफ़ान के बाद वाली शान्ति छा गई थी। साथ ही उन्होंने अगले ही महीने क्लास टेस्ट की घोषणा कर दी। ठीक उसी समय लंच की घंटी ने सबको राहत की साँस दी।

जैसे ही मैं क्लास के बाहर निकला। शिल्पा दोनों हाथ एक-दूसरे से बाँधे हुए मेरा ही इंतज़ार कर रही थी।

''ये सब क्या चल रहा है?'' शिल्पा ने पूछा।

मुझे मालूम था कि वो किस तरफ़ इशारा कर रही है, लेकिन फिर भी मैंने कुछ न समझने का बहाना किया।

''क्या चल रहा है मतलब? वो मैं योगेश के साथ ही था ना इसलिए तुमसे मिल नहीं पाया।''

''मिलने की बात नहीं है आकाश! पूरी क्लास के लड़के माहिरा को क़ातिल नज़रों से देखे जा रहे हैं जिसमें तुम भी शामिल हो। क्या तुम लोगों ने कभी कोई लड़की नहीं देखी है? पता है वो बहुत परेशान और असहज हो रही है इसी वजह से। सब लड़कों को तो मैं नहीं समझा सकती हूँ लेकिन तुम तो मेरे दोस्त हो। तुम तो लड़कों को समझा ही सकते हो ना?''

शिल्पा की बात सुनकर मैं झेंप गया और थोड़ा शर्मिंदा भी हुआ।

''हाँ, तुम ठीक ही बोल रही हो। मैं सबसे बात करता हूँ। एक काम करते हैं ना? तुम उसे हमारे ग्रुप से मिलाती क्यों नहीं? उसका हेसिटेशन भी खत्म होगा और वो अच्छा भी महसूस करेगी।''

''अच्छा ठीक है। लेकिन वो खिलेश को समझा देना कि थोड़ा तमीज़ से बात करे और उसे बोलना कि सभी लड़कियाँ उस मुंबई वाली जैसी नहीं होती हैं।''

''सारी का तो पता नहीं, लेकिन सब अच्छे से बात करेंगे उससे, ये मैं प्रॉमिस करता हूँ तुझे।''

''ठीक है, लंच के बाद लैब वाले पीरियड में मिलाती हूँ मैं।''

शिल्पा से बात करने के बाद मैं स्कूल के मैदान में हमारे कोर ग्रुप के साथ खड़ा था। मैंने उन लोगों को समझाया कि हमें माहिरा को असहज करने के बजाय उससे दोस्ती करनी चाहिए। जिससे हमारे ग्रुप का इम्प्रैशन बाकी लड़कों पर बढ़ेगा। खिलेश को छोड़कर बाकी सभी लोग राज़ी हो गए।

''देखो, तुम लोगों को उससे दोस्ती करनी है तो करो। मुझे इन लफ़ड़ों में नहीं पड़ना बिलकुल भी।'' खिलेश परेशान होकर बोला।

''खिलेश, यार! सभी लड़कियाँ एक जैसी थोड़ी होती हैं ना? शिल्पा को ही देख ले। कितनी अच्छी दोस्त है हम सबकी।'' मैंने उसे समझाते हुए कहा।

''नहीं यार मेरा मन नहीं है, उससे मिलने और बात करने का। तुम लोग मिल लेना।''

''ठीक है, जैसा तुझे ठीक लगे।'' मैं उसे ज़्यादा परेशान नहीं करना चाहता था इस बात को लेकर।

''अब ये सब बातें छोड़ो और ये बताओ कि मैच कैसे हार गए तुम लोग? और ऐसे कैसे खेलने नहीं देंगे मैदान पर? मैं होता तो मैच भी जीत जाते और सालों को दो-दो हाथ भी लगा आते।'' खिलेश दबंगई दिखाते हुए सबको बोला।

खिलेश हमारे ग्रुप का सबसे हट्टा-कट्टा पहलवान लड़का था। पढ़ाई में वो जितना एवरेज था। लोगों के सामने उतना ही दबंग बनता था। बस वो मुंबई वाली लड़की के कारण थोड़ा शांत-सा हो चला था।

''अब तुम तो थे नहीं कल और हमारे कमलेश बाबू ने भी एक कैच टपका दिया तो घण्टा जीत जाते मैच,'' योगेश बड़बड़ाया।

''अब मैच प्रैक्टिस का भी तो समय नहीं था ना। ऐसे अचानक खेलने से ऐसा ही होता है।'' कमलेश ने पढ़ाई वाली दलील यहाँ भी दी।

''अब छोड़ो यार, लड़ने का कोई फ़ायदा नहीं है। एक बार राकेश को आ जाने दो। फिर अच्छे से प्रैक्टिस करके हराते हैं उन लोगों को,'' मैंने ये बोलकर सबको शान्त किया।

''हाँ, आकाश के अलावा हमारे पास एक वही ऑल रॉउंडर है। वो अगले

हफ़्ते आ जायेगा तब तक हम कोर्स की किताबें वग़ैरह ख़रीद लेंगे,'' कमलेश बोला और सबने हामी भरी।

इतने में लंच खत्म होने की घंटी बज गई और हम सब लैब की ओर चल पड़े।

फ़िज़िक्स की लैब अभी ख़ाली थी। लेकिन हमारा ग्रुप पहले से ही वहाँ पहुँच चुका था। वैसे तो कमलेश बड़ा सीधा था लेकिन वो भी दो-तीन बार अपना इन्ट्रोडक्शन देने के लिए प्रैक्टिस कर रहा था और हम उसे देखकर खिलखिला रहे थे। इतने में शिल्पा और माहिरा लैब में आईं।

दोनों को आते देख हम सब उनकी ओर बढ़े।

''माहिरा ये आकाश है। ये इलैवंथ में सेकंड आया है क्लास में। और तो और फ़िज़िक्स इसका फ़ेवरेट सब्जेक्ट है। इसीलिए पूरी क्लास का फ़िज़िक्स से रिलेटेड डाउट यही क्लियर करता है,'' शिल्पा बोली।

''हाय आकाश, सो नाइस टू मीट यू। मेरा फ़िज़िक्स वीक है तो तुम मुझे फ़िज़िक्स सिखा देना। दरअसल मुझे लगता है कि काश न्यूटन के सर पर वो सेब न गिरा होता तो कितना अच्छा होता।''

''जी हमारा भी कुछ ऐसा ही मानना है। हमें तो बचपन से ही बस बैट्समैन के विकेट गिरते ही अच्छे लगते हैं,'' योगेश तपाक् से बोल पड़ा।

''माहिरा ये योगेश है। हमारी टीम का बेस्ट बॉलर और इंडिया टीम का होने वाला स्टार।'' मैंने योगेश की ओर इशारा करते हुए कहा।

''हैलो योगेश। मैं भी तुम लोगों का मैच देखना चाहूँगी और खासकर जब तुम किसी बैट्समैन को आउट करोगे तो।'' माहिरा मुस्कुराते हुए बोली।

कमलेश अपना नंबर न आते देख ख़ुद ही अपनी तारीफ़ करते हुए बोल पड़ा, ''हाय माहिरा। मैं कमलेश हूँ। मैं इलैवंथ में थर्ड आया हूँ और मैं भी हमारी टीम का भज्जी मतलब हरभजन सिंह हूँ।''

''हाय कमलेश, बस किसी से भज्जी की तरह लड़ मत लेना।'' माहिरा भी उसकी टाँग खींचते हुए बोली।

सब-के-सब एक साथ हँस पड़े और बेचारा कमलेश झेंप कर रह गया। माहिरा हमारे साथ पूरी तरह सहज थी। ये शिल्पा के कारण ही था, क्योंकि उसने काफ़ी कुछ हमारे बारे में बता दिया था। बातों ही बातों में माहिरा ने बताया कि

उसने केमिस्ट्री की कोचिंग लेना शुरू भी कर दिया है और वहाँ काफ़ी अच्छी पढ़ाई हो रही है। हम सबको शीला मैम के टेस्ट के लिए किसी अलग से सहारे की ज़रूरत थी और वो हमें मिल चुका था। हम सबने तय किया कि हम सब भी डेमो क्लास लेने माहिरा वाले ही कोचिंग में जाएँगे।

आज लैब में कोई प्रैक्टिकल नहीं कराया गया। बस सेलेबस में जो भी प्रैक्टिकल होने वाले थे, उनके बारे में बताकर हमें क्लास में वापस भेज दिया गया। लैब के पीरियड का बचा हुआ समय क्लास में हो-हल्ला करते हुए और रेडियो में कान लगाकर स्कोर सुनते कैसे निकल गया पता ही नहीं चला।

अगले पीरियड की घंटी बजने के साथ ही मेरा उत्साह चरम पर पहुँच गया था, क्योंकि जोशी सर क्लास लेने के लिए जो आने वाले थे। जोशी सर मेरे फ़ेवरेट सर थे। वो फ़िज़िक्स के किसी भी कॉन्सेप्ट को इतनी आसानी के साथ समझाते थे कि किसी को भी समझ आ जाता था। वो वाचाल तो नहीं थे लेकिन शीला मैम की तरह बिलकुल प्रोफ़ेशनल भी नहीं थे। आज भी वो अपनी सहज मुस्कान के साथ क्लास में आए और बोले, ''बच्चो, न्यूटन और आइंस्टीन के सब्जेक्ट में आपका स्वागत है। मुझे पता है कि आपमें से बहुत से लोगों को फ़िज़िक्स नहीं पसंद होगी लेकिन मैं वादा करता हूँ कि फ़िज़िक्स के कॉन्सेप्ट अगर नहीं भी समझ आए तो भी जीवन के कॉन्सेप्ट ज़रूर समझा दूँगा मैं।''

''यस सर,'' पूरी क्लास ने एक साथ कहा। दरअसल जोशी सर जानते थे कि सभी बच्चे एक जैसे नहीं हो सकते हैं इसलिए वो पढ़ाई के साथ-साथ हमारा हौसला बढ़ाते रहते थे। ज़्यादा बात न करते हुए उन्होंने बोर्ड पर टॉपिक लिखा और बोलना चालू किया, ''प्रकाश का विक्षेपण—जब सफ़ेद रंग प्रिज़्म से होकर गुज़रता है तो वह उसे सात अलग-अलग रंगों में विभाजित कर देता है। जिसमें लाल रंग सबसे ऊपर और बैंगनी रंग सबसे नीचे होता है। इसका मतलब लाल रंग अपने पथ से सबसे कम और बैंगनी रंग सबसे ज़्यादा विचलित होता है। बच्चो इंद्रधनुष का निर्माण भी प्रकाश के अपवर्तन, परावर्तन और विक्षेपण के कारण ही होता है।''

जोशी सर की खासियत थी कि वह हर टॉपिक को बहुत दिलचस्प तरीके से बताते थे और उससे एक सीख देने की कोशिश करते थे। आज भी उन्होंने इस एक टॉपिक को जीवन की कठिनाइयों से जोड़ दिया।

"आपके जीवन में भी मुश्किलें और कठिनाइयाँ प्रिज़्म की जैसी आएँगी जो आपको रास्ते से विचलित करने का प्रयास करेंगी। लेकिन यह आपके ऊपर है कि आप कितना विचलित होते हो। एक और बात बच्चो, जैसे इंद्रधनुष भी बारिश के बाद दिखाई देता है वैसे ही आपको भी जीवन में कुछ मुश्किलों का सामना करने के बाद ही आपके जीवन में इंद्रधनुष दिखाई देगा।"

पूरी क्लास मग्न होकर उनकी बात सुन रही थी। जोशी सर की फ़िज़िक्स के साथ फ़िलॉसिफ़ी की बातें दिल में ऐसे उतरती थीं जैसे शराबी के गले से जाम उतरता है। उनका पीरियड कब खत्म हुआ मालूम नहीं चला और छुट्टी की घंटी बज गई।

चूँकि अभी मार्च ही चल रहा था और पूरे बच्चे अप्रैल तक स्कूल आते इसलिए हमारा स्कूल हाफ़ डे ही चलने वाला था अप्रैल तक। मेरी टोली मुझे छोड़कर योगेश के यहाँ पहले ही मैच देखने भाग गई थी। स्कूल के गेट पर शिल्पा मेरा इंतज़ार करती माहिरा के साथ खड़ी थी। माहिरा का घर हमारे घर से दूसरे रास्ते पर था इसलिए मैंने और शिल्पा ने माहिरा को बाय बोला।

"फिर आज तो तेरा दिन बहुत अच्छा गया ना? तेरे इन्ट्रोडक्शन से सब लोग खुश हो गए और माहिरा से भी काफ़ी अच्छा इन्ट्रोडक्शन हो गया।" शिल्पा मुस्कुराते हुए बोली।

"हाँ यार, एक्चुअली हमारे टीचर्स ने भी काफ़ी शानदार ओपनिंग की ना आज और जोशी सर की बात तो बिलकुल दिल को छू गई," मैं खुश होते हुए बोला।

"वही तो, आज बच्चों के साथ-साथ टीचर्स ने भी धुआँधार इन्ट्रोडक्शन दिया।"

वो नया-नया प्यार

"क्या मैच हुआ कल तो! सहवाग, युवराज और सचिन पाजी ने तो चौकों और छक्कों की बारिश कर दी। देखना अगले मैच में श्रीलंका को भी ऐसे ही मज़े में हरा देंगे," योगेश पूरे आत्मविश्वास के साथ बोला।

"कल का मैच बरमुडा के साथ था और श्रीलंका बहुत मज़बूत टीम है उसके मुकाबले। इसलिए एक जीत से ऐसे खुश नहीं हो सकते हैं हम," कमलेश अपना तर्क रखते हुए बोला।

"अबे तुम हर बात में अपना लॉजिक क्यों लगाते हो। पढ़ाई-लिखाई में कमज़ोर और मज़बूत शब्द होते हैं। क्रिकेट में जिसका दिन होता है वही जीतता है और इंडिया का इस वर्ल्ड कप में हर मैच में दिन होगा," योगेश भी कहाँ पीछे रहने वाला था।

हम लंच ब्रेक के समय मैदान में खड़े थे और हमेशा की तरह योगेश और कमलेश के बीच बातों-ही-बातों में पहलवानी चल रहा थी। उनकी इस लड़ाई में कोई बीच में नहीं आता था और सब खड़े होकर लुत्फ़ उठाते थे। जब उनकी बातें खत्म हुईं तो मैं बोल पड़ा—

"देखो मैच का, बाद में सोचना। पहले शीला मैम के टेस्ट का सोचते हैं।"

"हाँ भाई, सही बोल रहे हो तुम। अपनी पहली क्लास में ही उनकी बॉन्डिंग ने हम सबकी हालत ख़राब कर दी है। जल्दी-से-जल्दी कोई कोचिंग देख लेते हैं।"

"सही बोला तूने। वो माहिरा का कोचिंग बहुत अच्छा है मैंने सुना है," मैंने कमलेश की बात पर हामी भरी।

"अच्छा बेटा। अभी से सुनने और सुनाने की बात कर रहे हो। लगता है कि वो लड़की अपना काला जादू करने लगी है," खिलेश ताना मारते हुए बोला।

''क्या यार खिलेश। कब तक एक लड़की की गलती की सज़ा बाक़ी लड़कियों को भी देगा। वो बिना कुछ बोले भाग गई इसका मतलब ये नहीं कि सभी लड़कियाँ ऐसा ही करें। अब लाइफ़ में आगे बढ़ यार,'' मैंने बात को सँभालते हुए कहा।

''तुम लोग ही बढ़ो उसके साथ आगे। मुझे नहीं जाना उसके कोचिंग में,'' खिलेश ने ताना मारते हुए कहा।

''ठीक है। हम पता करके आते हैं और अगर अच्छा लगा तो हम जो वहाँ पढ़ेंगे तुझे भी पढ़ा देंगे।''

ज़िन्दगी भी कितनी अजीब होती है ना। ऐसे ज़ख्म दे जाती है जो रह-रह कर दर्द देते रहते हैं। ऐसा ही कुछ खिलेश के साथ भी था। उसे अब भी हर लड़की में उस लड़की का ही अक्स दिखता था। लेकिन हम भी कहाँ उसे अकेला छोड़ने वाले थे। दिन भर उसे किसी-न-किसी बात में उलझाये रहते थे और ज़्यादा होने पर कमलेश को भिड़ा देते थे, उससे बिना किसी बात के। फिर वो सब कुछ भूल कर कमलेश के मज़े लेने लगता था। जैसे हर ग्रुप में हर बात पर एक बकरे की बलि चढ़ती है, वैसे ही कमलेश हमारे ग्रुप का बकरा था। हर बात पर लास्ट में उसका ही मज़ाक बनाते थे हम लेकिन उसके गुस्सा होने पर मनाते भी थे। कभी-कभी उसे मनाने के लिए हमें उसे रिश्वत भी देनी पड़ती थी और वो रिश्वत होती थी उसे मैच में जल्दी बॉलिंग देना। इस चक्कर में हम एक-दो बार मैच हार भी गए थे लेकिन दोस्ती हमारे लिए हार-जीत से परे थी।

आज भी जब हम स्कूल के बाद माहिरा के कोचिंग गए तो योगेश नहीं गया और खिलेश को अपने घर बुला लिया। ताकि उसे अकेला महसूस न हो। माहिरा सेक्टर-10 के एक बड़े कोचिंग सेंटर में पढ़ती थी। कोचिंग सेंटर किसी बड़े होटल के जैसे पूरी तरह काँच से बना था और ऊपर कोचिंग के नाम के साथ-साथ उन बच्चों के भी फ़ोटो लगे थे, जिन्होंने पिछले साल बोर्ड एग्ज़ाम टॉप किया था। कोचिंग सेंटर के बाहर बड़े स्कूलों के लड़के-लड़कियों ने अपनी गाड़ियाँ पार्क की थीं। वो लोग इंग्लिश में हँसी-ठिठोली कर रहे थे जो हमारी समझ के परे थी। माहिरा हमारी हालत समझ गई थी इसलिए वो पास आकर धीरे से बोली—

''डर क्यों रहे हो तुम लोग? ये सब हमारे जैसे स्टूडेंट्स ही हैं। और हाँ, पढ़ाई हिन्दी में ही होगी।''

''हाँ ना आकाश, क्या फट्टू बन रहे हो। चलो अंदर,'' शिल्पा के अन्दर का टपोरी बाहर निकल आया।

मैं, शिल्पा और कमलेश, माहिरा के साथ अंदर गए। वहाँ हमें बताया गया कि पहले सप्ताह एक डेमो क्लास दी जाएगी जिसमें हम अपनी क्लास के सभी बच्चों को बुला सकते हैं। और अगर बच्चों की संख्या ज़्यादा हुई तो हमारे स्कूल का ही एक अलग बैच बना दिया जायेगा। ये बात हम सबको जम गई। आज भी डेमो क्लास में बॉन्डिंग को इतने अच्छे से समझाया गया कि लगा ही नहीं ये वही बॉन्डिंग है जो शीला मैम ने क्लास में पढ़ाई थी। बताया गया कि इसे पूरे सप्ताह भर पढ़ाया जायेगा, जिसे मैम ने एक क्लास में ही उड़ा दिया था। इसमें उनकी भी गलती नहीं थी, क्योंकि स्कूल में सभी सब्जेक्ट को कवर करना होता था और यहाँ केवल केमिस्ट्री भर ही पढ़ाया जाना था।

हमने ये तय किया कि कल पूरी क्लास को इसके बारे में बताएँगे और अपना अलग से एक बैच बनवा लेंगे। इसी बहाने खिलेश भी हमारे साथ ही कोचिंग कर लेता। वैसे अभी माहिरा को हमारे ग्रुप से मिले दो ही दिन हुए थे, लेकिन वो हमारे ग्रुप की एकता से वाकिफ़ हो चुकी थी। इसीलिए योगेश और खिलेश को हमारे साथ न देखने पर वो भी थोड़ा हैरान थी।

''आकाश एक बात पूछनी है तुमसे। सच बोलना लेकिन,'' माहिरा ने गम्भीरता से कहा।

''हाँ, पूछो। झूठ क्यों बोलूँगा भला मैं,'' मैं भी आत्मविश्वास से बोला।

''ये खिलेश मुझे ज़रा-सा भी पसन्द नहीं करता है क्या?''

''क्यों, क्या हुआ? उसने कुछ बोला क्या तुमसे?''

''कुछ बोलता ही तो नहीं वो।''

''मतलब।''

''मतलब ये कि कल जब तुम अपने ग्रुप के साथ मेरे से मिलने आए तो वह नहीं था और न ही आज वो आया।''

''ऐसा नहीं है माहिरा। एक लम्बी कहानी है इसके पीछे। कभी फ़ुर्सत में सुनाऊँगा।''

''आज भी तो हम फ़ुर्सत में ही हैं।''

और फिर शिल्पा,कमलेश और मैंने उस लड़की की कहानी सुनाई जो खिलेश को बिना बताए छोड़ कर चली गई थी। थोड़ी देर की चुप्पी के बाद वो बोली—

''क्या पता उसकी भी कोई मजबूरी रही हो। वरना कोई ऐसे किसी को छोड़कर नहीं जाता।''

हमें अजीब लगा कि ये लड़की जिससे हम कल ही मिले थे वो हमारे दोस्त की तरफ़ न होकर उस लड़की का पक्ष ले रही है।

''नहीं, तुम उस लड़की को नहीं जानती थीं और न ही खिलेश को जानती हो,'' कमलेश गुर्राते हुए बोला।

''हाँ माहिरा, वो लड़की वैसी ही थी,'' शिल्पा ने भी कमलेश की बातों को सही ठहराया।

दोस्ती भी अजीब होती है ना? आपस में एक-दूसरे का चाहे कितना भी मज़ाक उड़ा लो, लेकिन अगर किसी और ने एक शब्द भी अपने दोस्त के लिए बोला तो सामने वाले को मारने का मन करता है।

माहौल में एक चुप्पी-सी छा गई थी और माहिरा थोड़ा असहज हो गई थी। हम बस धीरे-धीरे साइकिल से सेन्ट्रल एवेन्यू रोड पर चले जा रहे थे।

''माहिरा तुमने नन्हे भाई की चाय पी है?'' मैंने चुप्पी तोड़ते हुए पूछा।

''नहीं तो?''

''क्या बात कर रही हो? भिलाई में रहते हुए तुमने नन्हे भाई की चाय नहीं पी?''

''दरअसल मैं पिछले महीने ही भिलाई शिफ़्ट हुई हूँ ना। उसके पहले हम रायपुर में रहते थे।''

''तो चलो आज हम तुम्हें वहाँ की चाय पिलाते हैं। तुम्हें चाय का ऐसा स्वाद कहीं नहीं मिलेगा।''

''हाँ, माहिरा। आकाश और योगेश की वो पसंदीदा जगह है,'' शिल्पा ने बताया।

''और मेरी भी। मुझे कैसे भूल जाती है तू हर बार,'' कमलेश बीच में बोल पड़ा।

हम सब हँस पड़े और माहौल पहले जैसा ही हल्का-फुल्का हो गया। चाय पीते-पीते माहिरा ने बताया कि उसके घर में ढेर सारी पुस्तकें हैं जो उसके पापा पढ़ते हैं। साथ-ही-साथ एक बड़ा-सा रीडिंग रूम भी है। हम सभी की आँखें उत्सुकता से बड़ी हो गईं। कमलेश जो अब तक चाय की चुस्कियाँ लेने में ही व्यस्त था वो भी माहिरा की बातें सुनने लगा।

"तो क्या तुम हमें वो किताबें दिखा सकती हो? हमारे स्कूल में बस सिलेबस की किताबें हैं और वो भी पुराने एडिशन की," कमलेश ने पूछा।

"हाँ क्यों नहीं? तुम लोग अभी मेरे साथ चलो मेरे घर," माहिरा ने निमंत्रण दिया।

"नहीं यार, कल ही तो हम दोस्त बने हैं तो ऐसे आज ही घर जाना अच्छा नहीं लगता," मैं हिचकिचाया।

"अरे इतना क्यों सोच रहे हो आकाश। अब तो हमें साल भर साथ ही रहना है," माहिरा मुस्कुराते हुए बोली।

हम भी फ़ॉर्मेलिटी छोड़कर उसके घर की तरफ़ बढ़ चले। माहिरा का घर नेहरू नगर में था। ये भिलाई के रिहायशी इलाकों में से एक था। ज़ाहिर सी बात थी कि उसका घर भी काफ़ी बड़ा था। एक बड़ा-सा हॉल,गार्डन और बरामदा उसकी शोभा और बढ़ा रहे थे। बरामदे में उसके पापा चाय पी रहे थे। माहिरा ने उनसे हमें मिलवाया। इतने बड़े सरकारी अफ़सर होने के बाद भी वो काफ़ी शालीन और तमीज़दार थे। उसका अक्स मैं माहिरा में भी देख सकता था। हमने उन्हें आज की कोचिंग क्लास के बारे में बताया और इसी बीच वो हमें रीडिंग रूम ले गए। रूम थोड़ा-सा गन्दा था और किताबें भी बेतरतीब पड़ी थीं। उन्होंने हमें सलाह दी कि हम इसकी सफ़ाई करके इसे ग्रुप स्टडी के लिए उपयोग कर सकते हैं। उनकी ये सलाह हमें सही लगी और तय किया कि कल पहले इस रूम को अच्छे से साफ़ करेंगे। फिर यहाँ बैठकर कोचिंग के बाद ग्रुप स्टडी करेंगे।

माहिरा की माँ भी काफ़ी मिलनसार थीं। उन्होंने हमें परांठे बना कर खिलाए। हम भी ख़ुशी-ख़ुशी परांठे खाकर योगेश के घर गए। वहाँ योगेश और खिलेश ज़हीर खान का नया पोस्टर दीवार पर लगा रहे थे।

"भाई बस कर! अब तो तेरी दीवार में जगह भी नहीं बची है," कमलेश आश्चर्य से बोला।

"अबे, ज़हीर भाई के लिए प्यार है ये हमारा," योगेश ने कमलेश को लताड़ते हुए कहा, "तुम नहीं समझोगे साले चश्मिश।"

"फिर चालू हो गए तुम लोग? आज एक बहुत अच्छी बात हुई हमारे साथ," शिल्पा चहकते हुए बोली।

"तुझे कोई लड़की पसंद आ गई क्या?" योगेश ने उसे छेड़ा।

‘‘पहली बात कि मैं ख़ुद लड़की हूँ तो मुझे कहाँ से लड़की पसंद आयेगी?’’ शिल्पा बेबाक़ी से बोलती रही, ‘‘जहाँ तक मेरे छोटे बाल और लड़कों जैसे कपड़ों की बात है तो भगवान का शुक्र मनाओ कि मैं ऐसी हूँ वरना तुम्हारे साथ ग्रुप में थोड़ी ना रहती मैं?’’

उसकी बात भी तो सही थी। उसकी बातों और टॉम बॉय वाले लुक के कारण ही हमारे ग्रुप में वो वैसे ही समा गई थी, जैसे खिचड़ी में घी। वरना ज़्यादातर लड़कियाँ हमसे दूर ही भागती थीं। आज बातों-ही-बातों में शिल्पा ने माहिरा के घर में ग्रुप स्टडी करने की बात बताई। इस बात का योगेश पर कोई खास असर नहीं हुआ और उसने सीधा बता दिया कि वो कोचिंग तो किसी तरह आ जाएगा मगर वहाँ से सीधे अपना क्रिकेट सीखने भागेगा। खिलेश कुछ भी नहीं बोला और चुपचाप कोने में जाकर बैठ गया।

‘‘क्या हुआ खिलेश?’’ मैं उसकी उदासी का कारण समझ गया था।

‘‘कुछ नहीं। पहले तू और अब ये लोग भी बदलने लगे हैं, उस लड़की की वजह से,’’ खिलेश रुआँसा होकर बोला।

‘‘नहीं यार। तू फ़ालतू में इतना सोच रहा है। ऐसा कुछ भी नहीं है।’’

‘‘मुझे सब कुछ दिख रहा है कि कैसे वो लड़की लालच दिखा-दिखा कर हमारे ग्रुप में जगह बनाने की कोशिश कर रही है।’’

‘‘तू ऐसा मत सोच खिलेश। आज हमने तेरे लिए उसे डाँट भी लगाई।’’ कमलेश ने आज की घटना को भी हमेशा की तरह नमक और मिर्च लगाकर बताया। इससे खिलेश थोड़ा सन्तुष्ट तो हुआ लेकिन फिर वह बिना कुछ बोले अपने घर चला गया और हम भी उदास होकर अपने घर चल पड़े।

~

‘‘वैसे टेस्ट तो अगले महीने ही होगा लेकिन आज मैं सरप्राइज़ टेस्ट ले रही हूँ एक छोटा-सा। पता तो चले पढ़ाई को लेकर कोई गम्भीर है भी कि नहीं?’’ शीला मैम ने आज आते ही बम फोड़ दिया था। पूरी क्लास में अफ़रा-तफ़री का माहौल हो गया था। स्टूडेंट्स की बुदबुदाहट शोर में बदल चुकी थी। शीला मैम पूरी तैयारी के साथ आई थीं। वो सवालों के तीन सेट लाई थीं। जिससे नक़ल की कोई गुंजाइश न बचे। ऊपर से उन्होंने हम सबको एक सीट से उठाकर दूसरी

सीट पर बैठाना चालू कर दिया। खिलेश को माहिरा की जस्ट साइड वाली बेंच पर बैठाया और सबको सवालों के साथ-साथ आंसर शीट भी देने लगीं। योगेश, मैम से भी तेज़ निकला और वो बोला, ''मैम प्लीज़ मुझे आकाश के साथ ही बैठना है। मैं इसके साथ ही सहज होकर लिख पाता हूँ।''

''तब तो तुम्हें बिलकुल नहीं बैठना चाहिए, क्योंकि बोर्ड एग्ज़ाम में सबको अलग-अलग ही बैठना होगा। मैंने तुम्हें कमलेश से लड़ते बहुत देखा है तो तुम उसी के साथ बैठो। योगेश थोड़ा ना-नुकुर करने के बाद कमलेश के पास जाकर बैठ गया और मुझे देखकर मुस्कुराने लगा। जैसे ही टेस्ट चालू हुआ सब पेपर हल करने में लग गए। कमलेश भी योगेश की चुपके-चुपके मदद करने लगा। लेकिन खिलेश बगलें झाँक रहा था, क्योंकि न उसे कुछ आता था और न ही उसे बताने वाला कोई था आस-पास। माहिरा की तरफ़ तो वो देख भी नहीं रहा था। लेकिन माहिरा लगातार उसकी तरफ़ देख रही थी और उसे पता था कि खिलेश को किसी भी सवाल का जवाब नहीं पता है।

उसने ध्यान से उसके सवालों का सेट देखा तो पाया कि उसकी बग़ल वाली लड़की का सेट और खिलेश का सेट एक था। चूँकि सवाल ऑब्जेक्टिव टाइप के थे माहिरा ने पहले अपना सेट जल्दी-जल्दी पूरा किया और अपनी बग़ल वाली लड़की का सेट उठा हल करने लगी। धीरे से उसने सारे जवाब पेपर पर लिखकर उसे खिलेश की बेंच पर रख दिया लेकिन इतने में ही शीला मैम ज़ोर से चिल्लाईं—टाइम ओवर। खिलेश मरता क्या ना करता। उसने जल्दी से सवालों के जवाब को पेपर से देखकर मार्क करना चालू कर दिया था। लेकिन शीला मैम सबकी आंसर शीट ले रही थीं। इतने में शिल्पा दौड़कर मैम के पास गई।

''मैम,ये सवाल गलत है। किताब में कुछ और लिखा है,'' शिल्पा पूरे आत्मविश्वास से बोली।

''ये क्या बोल रही हो तुम ?'' शीला मैम अपनी तैयारी बताते हुए बोलीं, ''मैंने ख़ुद दो बार चेक किया है।''

''लेकिन मैम अगर ये सवाल गलत निकला तो ?''

''रुको एक बार, मैं फिर से चेक करती हूँ।''

हमारा काम हो गया था। जब तक मैम सवाल चेक करतीं तब तक खिलेश पूरे जवाब कॉपी कर चुका था। मैम को थोड़ा शक तो हुआ लेकिन

शिल्पा क्लास की टॉपर थी इसलिए उन्होंने कुछ नहीं कहा। खिलेश खुश था कि उसने किसी तरह कॉपी कर लिया और थोड़ा अचरज में भी। क्योंकि माहिरा से बात न करने के बाद भी उसने उसकी मदद की। वो उसे थैंक यू तो बोलना चाहता था लेकिन बीच में उसका ईगो आ गया। इसीलिए उसने भगवान बुद्ध के मध्यम मार्ग को अपनाते हुए माहिरा से पूछा,

"ये सब तुम्हारे कोचिंग में पढ़ा दिया है क्या? मुझे तो ज़्यादा कुछ समझ नहीं आता मैम जो पढ़ाती हैं।"

"हाँ मेरे बैच में पढ़ा दिया है, लेकिन हमारे स्कूल वाले बैच में कल ही चालू किया गया है यह टॉपिक। तुम भी आकर देखो आज!" माहिरा संयमित स्वर में बोली।

"ठीक है। मैं भी आऊँगा आज और अगर मुझे कोई दिक्कत होगी तो मैं तुमसे पूछ लूँगा।"

और यहाँ से खिलेश और माहिरा की दोस्ती की शुरुआत होती है। हम सब ये देखकर खुश थे कि कल तक जो खिलेश माहिरा से बात नहीं करना चाहता था वो आज कैसे ख़ुद से बात कर रहा है। किसी ने सच ही कहा है कि मदद करके सबके दिल में जगह बनाई जा सकती है।

आज स्कूल के बाद हमारा पूरा ग्रुप कोचिंग आया था और साथ में क्लास के दूसरे कुछ स्टूडेंट्स भी आये थे। माहिरा भी अपने बैच से हमारे बैच में शिफ़्ट हो गई। स्कूल में लड़के और लड़कियाँ एक बैंच पर नहीं बैठ सकते थे। लेकिन कोचिंग में ऐसी कोई पाबन्दी नहीं थी। माहिरा आकर मेरे बगल में बैठ गई और मुझे बीच-बीच में समझाने भी लगी। उसके ठंडे और कोमल हाथ का स्पर्श मेरे अंदर एक अजीब-सी गुदगुदी-सी पैदा कर रहा था। मेरा ध्यान कभी उसके कानों की बाली पर जा रहा था तो कभी हाथों के कड़ों पर। मैं चाहकर भी क्लास में फ़ोकस नहीं कर पा रहा था। जैसे-तैसे मैंने नोट्स बनाए।

कोचिंग के बाद हम सब माहिरा के घर में रीडिंग रूम की साफ़-सफ़ाई में लग गए। थोड़े पैसे जमा करके एक व्हाइट बोर्ड भी ला दिया। जिसमें मैं फ़िज़िक्स और माहिरा केमिस्ट्री पढ़ाती थी। देखते-ही-देखते मार्च का महीना कैसे निकल गया पता ही नहीं चला। और हाँ, इसी बीच इंडिया वर्ल्ड कप में श्री लंका से भी हारकर प्रतियोगिता से बाहर हो चुका था। इसलिए योगेश भी

अधूरे मन से ही सही लेकिन थोड़ी-बहुत पढ़ाई करने लगा था।

अच्छी बात ये हुई कि इन दो हफ़्तों में मैं और माहिरा ज़्यादा बातें करने लगे थे, क्योंकि सबको पढ़ाने के बाद भी हम अगले दिन क्या पढ़ाना है ये तय किया करते थे और तब तक बाक़ी लोग जा चुके होते थे। लेकिन अप्रैल में पूरी क्लासेस चालू होने वाली थीं इसीलिए हमें आगे ज़्यादा वक़्त नहीं मिलने वाला था। फिर भी मुझे उम्मीद थी कि मेरा ये नया-नया प्यार कुछ तो रंग लाएगा ही और क्या पता इन रंगों में माहिरा भी रंग जाना चाहती हो।

ग़ज़ल मज़ेदार

"कभी ग़ज़ल में एको फ़िल्म सिलम देखा कि नाहीं?" अनूप भैया ने बड़े उत्साहित स्वर में पूछा।

"क्या बात करते हो भैया? ग़ज़ल तो सुना जाता है वो भी जगजीत सिंह का," कमलेश ने अपना ज्ञान झाड़ा।

"अबे घनचक्कर। तुम्हार ज़िन्दगी में कापी अउर पुस्तक के अलावा कोनो चीज नहीं है। ग़ज़ल में फ़िल्म नहीं देखा त तोहार जवानी का बस सत्तू के घोल पिये बर है का?"

दरअसल ग़ज़ल एक टॉकीज़ था जहाँ अक्सर इमरान हाशमी की फ़िल्में लगा करती थीं और उस ज़माने की फ़िल्मों में आज की तरह खुलापन नहीं था इसलिए ऐसी किसी भी फ़िल्मों के लिए एक अलग से टॉकीज़ था। सभ्य समाज में वहाँ जाना बिलकुल निषेध था। ये बात अलग है कि रात के शो की टिकट ब्लैक में मिलती थी।

"भैया, हमने सुना है कि हमारे सीनियर लोग भी गए थे वहाँ?" योगेश ने जिज्ञासावश पूछा।

"जतिक लड़का हमार टच में था सब्बो गए थे और बोर्ड परीक्षा में भी चाप के लिखे थे। उहा जाना मरद होए के निशानी समझत जात है," अनूप भैया ने मोक्ष का द्वार दिखा दिया था।

हमने तय किया कि हम भी ग़ज़ल में एक फ़िल्म ज़रूर देखेंगे। लेकिन ये उतना भी आसान काम नहीं था। अनूप भैया ने बताया कि वहाँ सिर्फ़ 18 साल से ऊपर वालों को ही जाने दिया जाता है भले ही इमरान हाशमी की साफ़-सुथरी फ़िल्म ही क्यों ना हो। उस समय इमरान हाशमी 'मर्डर' और 'अक्सर' जैसी बोल्ड फ़िल्में करने के बाद 'गुड बॉय बेड बॉय' जैसी हल्की-फुल्की कॉमेडी वाली फ़िल्म के साथ आये थे, लेकिन उनकी छवि ऐसी थी कि उस फ़िल्म को भी ग़ज़ल टॉकीज़ में ही रिलीज़ किया गया था।

''हमार टपरी खुले के बाद से तोहार सब्बो सीनियर जन हमार बात ला कभौ नहीं मना करिस। अब तुम सब्बो जन भी एक बार ग़ज़ल के दर्शन कर आओ।''

अनूप भैया की बातों से लग रहा था कि जितना ज़रूरी हमारा पढ़ाई करना था उससे भी ज़्यादा ज़रूरी एक बार ग़ज़ल जाना था। हम सबने तय किया कि आज शाम को राकेश के आते ही हम वहाँ जाने का प्लान बनाएँगे। हमारे लिए राकेश का आना बहुत ज़रूरी था, क्योंकि वो कद-काठी में हमसे बड़ा था और उसकी घनी दाढ़ी भी थी। जब कभी भी हमारी दूसरे ग्रुप से लड़ाई होती थी, वही भीम की तरह आगे होता था। इसलिए आज स्कूल में राकेश के आने की बेसब्री हम सभी लड़कों को थी। आज न हमने शिल्पा से कुछ ज़्यादा बात की और न ही माहिरा की तरफ़ ध्यान दिया।

जैसे ही राकेश अपनी गाड़ी पार्क करके क्लास में घुसा। हम लोगों ने हूटिंग की और बाक़ी लड़के भी हमारा साथ देने लगे। दरअसल राकेश हमारी क्लास के सबसे अमीर लड़कों में से था और उसका रहन-सहन भी बड़े लोगों जैसा ही था। इसीलिए लड़कियाँ भी उस पर फ़िदा होती थीं और हमारे ग्रुप का कमिटेड लड़का भी बस वही था।

वो एक दिन पहले ही ऋषिकेश से लौटा था। उसने वहाँ की बहुत-सी रोचक बातों की जानकारी दी। उसने बताया कि वहाँ के काफ़ी आश्रमों में बहुत से लोगों को मुफ़्त में खाना खिलाया जाता है और उसने भी वहाँ अपनी सेवा दी थी। इसके अलावा वो हम सबके लिए भी कुछ-न-कुछ गिफ़्ट लाया था। आज हम सभी को अपने ग्रुप के पूरा होने का एहसास हो रहा था और फिर हमने उसको इन दो हफ़्तों की सारी बातें विस्तार से बताईं।

''क्या बोल रहे हो तुम लोग?'' राकेश लगभग चीखते हुए बोला, ''तुम उन लड़कों से मैच हार गए और मैदान में भी एक सप्ताह तक नहीं खेला।''

''हाँ यार, क्या ही बोलें अब। और उन्होंने शर्त भी कुछ ऐसी रख दी थी,'' मैंने उसे समझाते हुए कहा।

''कोई बात नहीं, अब मैं आ गया हूँ ना। पहले उनको मैच में हरायेंगे और फिर दो महीने बाद जो टेनिस बॉल टूर्नामेंट होगा उसमें,'' राकेश ने ऐलान कर दिया था।

''हाँ वो तो है ही लेकिन?'' योगेश बोलकर चुप हो गया।

"लेकिन क्या?"

"दरअसल अनूप भैया ने ग़ज़ल टॉकीज़ के बारे में बताया है और हम भी वहाँ जाना चाहते हैं," मैंने बड़ी उत्सुकता से कहा।

"वाह-वाह। जब मैं पिछले साल चलने को बोला था तब तो तुम लोगों के कान में चींटी भी नहीं रेंगी थी। अब क्या हो गया फिर?" राकेश प्रश्नवाचक मुद्रा में बोला।

"अरे वो अनूप भैया ने बताया कि जो भी लोग वहाँ एक बार जाते हैं वही मर्द कहलाते हैं और फिर एग्ज़ाम में अच्छे नंबर आते हैं?" कमलेश ने भी अपना लॉजिक दिया।

"ठीक है। एक काम करते हैं कल स्कूल बंक मारते हैं सब के सब। आज मैं खिलेश के साथ जाकर टिकट खरीद लाता हूँ और आकाश तू कुछ मेकअप का सामान शिल्पा से माँग ले," राकेश का उत्साह चरम पर था।

"भाई, हम लड़की थोड़े ही हैं जो मेकअप करके जायेंगे वहाँ?" कमलेश खीजते हुए बोला, "और स्कूल बंक मारकर तो बिलकुल नहीं जाऊँगा मैं।"

"वो देख लो इस साले के नख़रे। बोलता है घर में पूछेगा और घरवाले इसकी आरती उतारकर इसे पिक्चर देखने के लिए विदा करेंगे।" योगेश के ऐसा बोलते ही सब खिलखिला पड़े और कमलेश रोंदू की सूरत बना खड़ा रहा।

"और वो मेकअप का सामान भी तेरे लिए है ताकि तेरी थोड़ी नकली मूँछें बना सकें और तू हमारे साथ चल सके," राकेश ने उसे समझाया।

लेकिन कमलेश राज़ी नहीं हुआ और उसने हमारे प्लान में शामिल होने से मना कर दिया। ये कमलेश हमेशा ही ऐसा करता था। किसी भी प्लान में सबसे पहले तो मना कर देता था। फिर ख़ुद से ही हामी भी भर देता था। इसलिए हम उसे लेकर निश्चिंत ही थे कि वो हमारे साथ आएगा। सबने तय किया कि कल स्कूल जाने के बहाने से हम घर से निकल पड़ेंगे और अनूप भैया की टपरी हमारा चेक पॉइन्ट होगी।

"साथ ही हम सब एक शर्ट भी रख लेंगे जिसे हम अनूप भैया की टपरी में आकर पहन लेंगे। जिससे टॉकीज़ वालों को भी शक न हो," मैंने अपना मत रखा।

"साथ-ही-साथ कुरकुरे के पैकेट भी छुपाकर ले जाएँगे हम, क्योंकि टॉकीज़ में साला दुगुना भाव में मिलता है सब," योगेश ने बात आगे बढ़ाई।

"हाँ बे, कंजूस की औलाद। बस कहीं पर भी पकड़े नहीं जाना है इतना ही ध्यान रखना है हमें," राकेश ने चेतावनी देते हुए कहा।

हम लोग इस क़दर तैयारी कर रहे थे जैसे कोई जंग लड़ने जा रहे हों। इसीलिए छोटी-से-छोटी बात का खूब ध्यान रखा था। बस मुझे शाम को जाकर शिल्पा के घर से उसे बिना कुछ बताए आई लाइनर लाना था। उस आई लाइनर की मदद से हम अपनी मूँछ और दाढ़ी,जो कि नाममात्र की थी,उसे गहरा करने वाले थे।

इतने में स्कूल की प्रार्थना की घंटी बज गई। आज से पूरे क्लासेस लगने वाले थे और चौधरी सर की मैथ्स की क्लास भी चालू होने वाली थी। चौधरी सर बहुत ही खतरनाक सर थे। न वो मुस्कुराते थे और न बच्चों को मुस्कुराने देते थे। कहते हैं कि एक बार एक स्टूडेंट मुस्कुराते हुए पकड़ा गया तो उसकी खूब पिटाई की गई थी। दरअसल चौधरी सर के लिए मैथ्स की पढ़ाई एक साधना जैसी थी और वो भगवान शिव की भाँति मैथ्स की तपस्या करते थे। इसलिए अगर कोई भी स्टूडेंट कामदेव की तरह उनकी तपस्या को भंग करने की कोशिश करता तो वो उसे अपनी क्रोध-अग्नि से जला देने में कोई कसर नहीं छोड़ते थे।

"आप लोग मेरी क्लास में सलीक़े से रहना वरना हम आपको रसीद देंगे," चौधरी सर ने आते ही धमकी दी।

ये बात माहिरा के सिर के ऊपर से निकल गई, इसीलिए उसने मुझसे इशारों में पूछना चाहा। मैं समझ गया था कि वो 'रसीद देंगे' का मतलब पूछना चाहती थी। लेकिन चौधरी सर चाचा चौधरी से कम थोड़ी न थे। उन्होंने माहिरा को पकड़ लिया और खड़े होने का इशारा किया।

"आप नई हो इस क्लास में इसीलिए आपको बता रहा हूँ कि मेरे पीरियड में सिर्फ़ ब्लैक बोर्ड से ही बातें कर सकती हैं आप। वरना आप क्लास छोड़कर भी जा सकती हैं।"

चौधरी सर के पहले ही पीरियड में माहिरा उनके रेडार में आ चुकी थी। उसने सॉरी बोलकर बैठ जाना ही बेहतर समझा। लेकिन इतना काफ़ी नहीं था आज के लिए। चौधरी सर ने एक स्टूडेंट को सवाल हल करते समय हँसते देख लिया। वो उसके पास गए और कॉपी चेक की। बिना किसी देरी के वो उसे दो झापड़ रसीद चुके थे। अब शायद माहिरा को भी समझ आ गया था कि वो किस रसीद की बात कर रहे थे।

''बोला था ना कि मैथ्स की पढ़ाई गम्भीर होकर ही करनी चाहिए। वरना ऐसे ही ग़लती करते रहोगे।'' सर का पारा सातवें आसमान पर था। मुझे और न ही किसी और को ये समझ आया कि उनका गुस्सा सवाल गलत होने पर था या उसके मुस्कुराने पर? क्योंकि सवाल तो हमारा भी गलत था।

ज़िन्दगी भी कुछ लोगों को कितना अजीब बनाती है ना? कुछ लोग बड़ी-से-बड़ी समस्या हँसते हुए सुलझाने को बोलते हैं तो चौधरी सर जैसे लोग मैथ्स के छोटे से सवाल के लिए मुस्कुराने को भी मना करते हैं। वो पीरियड हमारे लिए काटना मुश्किल हो रहा था और ऊपर से घड़ी की सूई भी रुक-सी गई थी। जैसे ही अगले पीरियड ही घंटी बजी सबने राहत की साँस ली। आज पूरी क्लास उस घटना की वजह से शांत थी। देखते-ही-देखते सारे पीरियड निकल गए और अब हमें कल की प्लानिंग का याद आया।

इस घटना के बाद भी हमारा उत्साह ज़रा भी कम नहीं हुआ था। स्कूल की छुट्टी होने के बाद मैं शिल्पा के घर गया और उससे आई लाइनर माँगा।

''तू क्या करेगा रे इसका?'' उसने आश्चर्य से पूछा।

''कुछ खास नहीं वो दीदी ने मँगाया है। उनको कुछ काम है।'' मैं साफ़ झूठ बोल गया।

मैंने सबको मैसेज करके बताया कि काम हो गया है और राकेश ने भी बताया कि वह पाँच टिकट ले आया है। पाँच टिकट इसलिए क्योंकि हमें पक्का यक़ीन था कि कमलेश हमारे साथ आएगा ही। और मैंने सबको एक शर्ट रखने को भी मैसेज कर दिया। अब बस हम सब कल का इंतज़ार कर रहे थे।

~

''अबे तुम यहाँ क्या कर रहे हो?'' योगेश कमलेश को देखकर सकपकाया।

''मैं भी जाऊँगा तुम लोगों के साथ। मैंने घरवालों को बता दिया कि स्कूल वाले आज पिक्चर दिखाने ले जा रहे हैं,'' कमलेश ने गर्व से कहा।

हम लोगों से पहले कमलेश, अनूप भैया की टपरी में आ चुका था। हमें मालूम तो था कि कमलेश मान जाएगा लेकिन इतनी आसानी से, हमने सोचा नहीं था। तभी अनूप भैया ने मुझे कोने में ले जाकर बताया कि उन्होंने कमलेश

को डराया और बोले, ''हम तोहार वो ग्रीटिंग कार्ड वाला हरक़त सब्बो जन ला बताइल देंगे।''

दरअसल पिछले साल फ्रेंडशिप-डे के दिन कमलेश ने चुपके से अपने सीनियर के बैग में ग्रीटिंग कार्ड डाला था और वो बात सिर्फ़ मुझे और अनूप भैया को मालूम थी। इसलिए बिना किसी नख़रे के वो आज हमारे साथ चलने को तैयार था। हम लोग भी जल्दी-जल्दी से स्कूल वाली शर्ट निकाल दूसरी शर्ट पहन चुके थे। हमारा मेकअप का काम अनूप भैया का था। उन्होंने सबसे पहले कमलेश के मूँछ और दाढ़ी रहित चेहरे पर महीन रेखाओं को उकेरकर अपनी कला का भी प्रदर्शन किया था। थोड़ी ही देर में उन्होंने राकेश को छोड़ सबकी दाढ़ी और मूँछों को घना कर दिया था और निश्चित रूप से हम अपनी उम्र से दो-तीन साल ज़्यादा दिख रहे थे।

हम टपरी के अंदर वाले भाग में बैठ स्कूल की प्रार्थना चालू होने का इंतज़ार कर रहे थे ताकि ग़लती से भी हमें देख न ले। मैं हमेशा शिल्पा के साथ ही स्कूल आता था, लेकिन आज अकेले आया था। इसलिए शिल्पा टपरी में अनूप भैया से मेरे बारे में पूछने आई। लेकिन अनूप भैया ने साफ़ झूठ बोल दिया कि उन्होंने सुबह से मुझे नहीं देखा। मुझे डर था कि वो वापस मेरे घर न चली जाए। मगर वो स्कूल के लिए निकल गई और सबने राहत की साँस ली।

हम अपनी साइकिल भगाते हुए ग़ज़ल टॉकीज़ के सामने पहुँच चुके थे। दिन का समय होने के कारण ज़्यादा भीड़ तो नहीं थी। लेकिन एहतियात के तौर पर हम सबके अंदर जाने की प्रतीक्षा करने लगे। जैसे ही लोग अंदर गए राकेश और खिलेश की अगुवानी में हम सब उनके पीछे हो लिए। हॉल के अन्दर एक टिकट चेकर खैनी घिसते हुए अलसाता हुआ पड़ा था। जैसे ही हम अंदर घुसे वो टॉर्च लेकर हमारे पास आकर टिकट चेक करने लगा। टिकट चेक करने के बाद वो राकेश और खिलेश के चेहरे को टॉर्च मार तसल्ली करने लगा कि वो नाबालिग तो नहीं हैं। और उनकी ऊँची कद-काठी देखकर उसे यकीन हो चला था कि हम सभी बालिग़ हैं।

'गुड बॉय और बेड बॉय' फ़िल्म चालू हो चुकी थी। हॉल लड़कों से भरा था इसलिए हीरोइन की एन्ट्री पर इतनी सीटियाँ बजीं कि अगर वो सच में सामने होती तो ख़ुद को मधुबाला से कम न समझती। तुषार कपूर अपनी आदत के मुताबिक ओवर एक्टिंग कर रहा था। सबसे ज़रूरी बात ये थी कि इमरान

हाशमी ने अपनी प्रतिष्ठा के प्रतिकूल कोई किस वाला सीन न देते हुए भी काफ़ी अच्छी एक्टिंग की थी। वैसे हम यहाँ कुछ और ही देखने आए थे लेकिन हमने सब कुछ भूलकर फ़िल्म का लुत्फ़ उठाया।

फ़िल्म के बाद जब हम निकले तो स्कूल की छुट्टी को अभी भी कुछ समय था। हम अपने सबसे सुरक्षित ठिकाने की ओर वापस बढ़ चले। और हमने देखा कि अनूप भैया थोड़े गुमसुम से होकर चाय बना रहे हैं।

''बढ़िया फ़िल्म थी भैया। आपकी कृपा से इमरान हाशमी की तरह हमको भी अब पढ़कर सबको दिखा देना है कि हम भी गुड बॉय बन सकते हैं,'' योगेश ने चहकते हुए कहा।

अनूप भैया की ख़ामोशी हमारी धड़कनें बढ़ाने को काफ़ी थीं। हमें समझ आ चुका था कि दाल में कुछ काला नहीं बल्कि पूरी दाल ही काली हो चुकी है।

''तो आ गए आप लोग ग़ज़ल से सिनेमा देखकर?'' चौधरी सर की तमतमाती हुई आवाज़ हमारे कानों में पड़ी। वो हमारे ठीक पीछे एक बड़ी-सी छड़ी लेकर खड़े थे और साथ में दूसरे हाथ में हमारी स्कूल यूनिफ़ॉर्म भी थी। पहले तो उन्होंने छड़ी का हमारे पार्श्व भाग से स्पर्श कराकर छड़ी को थोड़ा गरम किया। फिर उसी छड़ी से हमारे पार्श्व भाग को लाल किया गया। हमें स्कूल ड्रेस पहनकर बिना किसी देरी के प्रिंसिपल के सामने आने को कहा गया। कमलेश रोने लग गया था और मेरी भी आँखें भर आई थीं। हमें कुछ समझ नहीं आ रहा था कि हम कैसे पकड़े गए। फिर भैया ने बताया कि हमारे एक साथ स्कूल न जाने के कारण वैसे भी क्लास में थोड़ी हलचल थी, लेकिन जब चौधरी सर लंच के समय चाय पीने टपरी पर आए तो उनकी नज़र हमारी स्कूल शर्ट पर पड़ गई और उन्हें सब कुछ बताना पड़ा। ख़ैर अब हम बिना किसी देरी के प्रिंसिपल के ऑफ़िस की तरफ़ बढ़े।

~

''लगता है ये अनूप बच्चों को बिगाड़कर ही दम लेगा,'' प्रिंसिपल सर चिंतित थे।

''हम तो कहते हैं अनूप की टपरी ही बंद करा देते हैं। वैसे भी सरकारी जगह पर कब्ज़ा कर रखा है उसने,'' चौधरी सर ने अपनी राय दी।

''उसको तो बाद में देखेंगे लेकिन इनका क्या करना है ये सुझाव दीजिए

आप लोग?'' प्रिंसिपल सर मुद्दे पर आए।

पूरी फ़ैकल्टी के लोगों का मजमा बैठा रखा था प्रिंसिपल सर ने। और ये ऐसा मौका होता था जब पुरानी और नई सब बातों को निकालते थे।

''ऐसा ही होता है सर लोगों को ग्रेस मार्क्स देकर पास करने से,'' शीला मैम ने योगेश की ओर इशारा करते हुए कहा।

''लेकिन मैम ग़लती तो हम सबकी है ना?'' राकेश योगेश के बचाव में बोल पड़ा।

''ये देख लीजिए सर। अब ये मेरे से ज़बान भी लड़ाने लगे हैं,'' शीला मैम ने तल्ख़ी के साथ कहा।

''छोड़िये ना मैम। बच्चे हैं। गलतियाँ हो जाती हैं। और आकाश और कमलेश तो वैसे भी पढ़ने में तेज़ हैं,'' जोशी सर ने हमारा बचाव करते हुए कहा।

''पढ़ने में तो तेज़ हैं लेकिन स्कूल के कुछ अपने नियम और क़ायदे हैं। आज इन्होंने किया तो कल कोई और करेगा,'' प्रिंसिपल सर ने संयमित स्वर में कहा।

''हाँ, मैं ये मानता हूँ लेकिन अगर इनको सज़ा भी देनी हो तो कुछ ऐसी दीजिए जिससे इनकी पढ़ाई में मदद मिल सके,'' जोशी सर ने दलील दी।

प्रिंसिपल सर भी इस बात से राज़ी हुए और उन्होंने सबको अलग-अलग काम बाँट दिए। जैसे मुझे फ़िज़िक्स लैब के सारे उपकरणों की जाँच करके बताना था कि कौन-सा ख़राब है ताकि नया ऑर्डर किया जा सके। कमलेश और योगेश को लाइब्रेरी की पुरानी किताबों को छाँटने को कहा गया और राकेश और खिलेश को केमिस्ट्री की लैब में रसायनों की जाँच करने को कहा गया। सबसे ज़रूरी बात यह थी कि इसके लिए हमें अलग से समय नहीं दिया गया और हमें स्कूल शुरू होने के एक घंटा पहले आने को बोला गया।

मैं खुश था क्योंकि फ़िज़िक्स मेरा पसंदीदा सब्जेक्ट था, लेकिन बाकी लोगों के लिए यह एक सज़ा ही थी। ख़ैर जब इस तमाशे के बाद हम बाहर आये तो शिल्पा हमारा इंतज़ार कर रही थी।

''तो इसीलिए चाहिए था तुम्हें मेरा आई लाइनर? आज तक जो भी काम किया अच्छा या बुरा सब मुझे बताकर किया और ये बात मुझसे छुपाई तुमने। और झूठ भी बोला। मैं ही पागल थी जो तुम्हें अपना सबसे अच्छा दोस्त मान बैठी थी और तुम्हारे ग्रुप को अपना लिया था। लेकिन आज तुम लोगों ने बता

दिया कि मैं कोई मायने नहीं रखती तुम लोगों के लिए। मुझे दु:ख इस बात का नहीं है कि तुम लोग फ़िल्म देखने गए लेकिन इस बात को मुझे बताना भी ज़रूरी नहीं समझा। ख़ैर छोड़ो आज से तुम लोग बात मत करना मेरे से। बाय,'' शिल्पा का गुस्सा फूट पड़ा था और एक साँस में ही उसने पूरी बात कह दी।

हम सब चुप खड़े थे और कोई उसे कुछ नहीं बोल पाया। हमें नहीं पता था कि ये ग़ज़ल का मज़ा बाद में इतनी बड़ी सज़ा देकर जाने वाला है।

दोस्ती बरकरार

उम्मीद एक ऐसा शब्द है जिसके होने से सब कुछ खत्म होकर भी कुछ तो बचा ही होता है। ऐसी ही उम्मीद लगाए लैब में मैं शिल्पा की नाराज़गी दूर करने की सोच रहा था। उस घटना को एक सप्ताह हो चुका था, लेकिन शिल्पा अब भी नाराज़ थी। हमने हर जतन कर लिया लेकिन वो मानने को तैयार ही नहीं थी। यहाँ तक कि कमलेश उसके घर मेरा सॉरी वाला ग्रीटिंग कार्ड भी लेकर गया। लेकिन कमलेश ग्रीटिंग के अनगिनत टुकड़े वापस लेकर आया। आज मैं अपने ही ख़यालों में खोया हुआ वर्नियर कैलिपर के स्केल में दोनों जबड़ों के बीच छोटी-सी बॉल को फँसाने ही वाला था कि दूर से माहिरा लैब की ओर आती दिखी। इस एक हफ़्ते में, मैं माहिरा से भी ज़्यादा बात नहीं कर पाया था और न ही हम उसके घर जा रहे थे कोचिंग के बाद। ख़ैर मुझे लगा कि वो मेरे से बात नहीं करेगी, इसलिए मैं उसकी तरफ़ ध्यान दिए बिना अपना प्रयोग करता ही जा रहा था। पता नहीं क्यों वो छोटी-सी बॉल जबड़ों में ठीक से आ नहीं रही थी और बार-बार फिसल रही थी।

लेकिन फिर भी मैं उसे बिना अच्छे से खाँचे में बैठाए कसे जा रहा था।

''जब चीज़ें हाथ से फिसल रही हों ना। तो चीज़ों को कसने के बजाय थोड़ा ढील देकर फिर से शुरुआत कर सकते हैं।'' माहिरा ने वर्नियर कैलिपर को अपने हाथ में लेते हुए कहा। उसने वर्नियर को ढीला कर बॉल को ठीक से सेट किया और पल भर में ही उसका माप कर लिया।

''थैंक यू और सॉरी।'' मैंने अंग्रेज़ों के दो सबसे घातक हथियार उपयोग कर दिए थे।

''थैंक यू का तो समझ आता है लेकिन सॉरी क्यों?''

''उस दिन वाले कांड के लिए जो हमने किया था,'' मैंने अपराधबोध से कहा।

''अरे वो तो बहुत ही नॉर्मल-सी बात है यार। पता है मेरे पुराने स्कूल में

ऐसे किस्से रोज़ ही होते थे और पता है मैंने ख़ुद भी एक बार बंक मारा था।'' माहिरा ऐसे बोली जैसे ये कोई बड़ी बात न हो।

''क्या सच में?'' मैंने आश्चर्य से अपनी आँखें बड़ी करते हुए कहा।

''हाँ पागल। और यही सब तो स्कूल लाइफ़ का मज़ा है ना?'' उसकी बातों में तसल्ली थी। दोस्ती थी। इत्मीनान था। माहिरा थोड़ा रुककर फिर बोली, ''और रही बात शिल्पा की तो तुम वो मेरे ऊपर छोड़ दो। मैंने बोला ना। वक़्त दो उसे थोड़ा। थोड़ा नाराज़ है तुमसे कि तुम उसे ये सब बता सकते थे। लेकिन ये नाराज़गी बताती है कि वो तुम्हें अपना कितना अच्छा दोस्त मानती है।''

''हाँ माहिरा। ये बात तो है। वो मेरे से कोई बात नहीं छिपाती है और मैंने उससे न सिर्फ़ बात छुपाई बल्कि झूठ भी बोला,'' मैं रुँआसा होकर बोला।

''कोई बात नहीं आकाश। मैं बात करूँगी उससे,'' ऐसा बोलते हुए माहिरा ने मेरे हाथ में अपना हाथ रख दिया। उसके ठंडे हाथ का स्पर्श मेरे दिल के अंदर जलते अपराध के ज्वालामुखी को शांत कर रहा था।

''हाँ थैंक्यू। तुम ही हमारी दोस्ती को बचा सकती हो।''

''वैसे बुरा न मानो तो एक बात बताओगे?''

''तुम और शिल्पा बचपन से दोस्त हो लेकिन क्या फिर भी तुम्हें कभी शिल्पा से प्यार नहीं हुआ?'' माहिरा ने ऐसे पूछा जैसे आज वो सब कुछ जानना चाहती थी मेरे बारे में।

''नहीं तो? दरअसल प्यार में हम लोगों को परत-दर-परत जानते जाते हैं और धीरे-धीरे प्यार पनपने लगता है। लेकिन हम दोनों बचपन से एक-दूसरे को इतने अच्छे से जानते हैं कि प्यार जैसा शब्द हमारी दोस्ती के आगे बिलकुल छोटा-सा लगता है।''

''अच्छा ऐसा है तो तब ठीक है।'' माहिरा ने एक ठंडी साँस लेते हुए कहा।

''वैसे तुम्हारा कोई बॉयफ्रेंड नहीं है?'' मैंने भी सीधा सवाल दाग दिया।

''नहीं आकाश। ऐसा नहीं है कि किसी ने प्रपोज़ नहीं किया। लेकिन मैं आजकल वाले प्यार-वयार में भरोसा नहीं करती। जहाँ सिर्फ़ लोग दिखाने के लिए ऐसा करते हैं। और फिर कुछ दिन में किसी और के साथ हो जाते हैं। मैं अपना प्यार पाक चाहती हूँ,'' माहिरा ने आँखों में चमक के साथ कहा।

"और ये पाक प्यार क्या होता है?" मैंने बड़ी उत्सुकता से पूछा।

"मुझे भी ठीक से तो पता नहीं लेकिन पवित्र *कुरान* में लिखा है कि हमने आपको जोड़ियों में बनाया है। तो शायद जिसके साथ अल्लाह ने मेरी जोड़ी बनाई होगी, उससे ही मुझे पाक मोहब्बत होगी।"

सच कहूँ तो मैं माहिरा से इतनी गहरी बात की उम्मीद नहीं कर रहा था। मुझे पता ही नहीं था कि उसके पतले से चश्मे के पीछे छुपी आँखों में इतना हसीन सपना होगा। मैं ख़ुद को सँभालते हुए बोला, "वैसे मैंने कभी *गीता* या *रामायण* ठीक से नहीं पढ़ीं। लेकिन अगर कभी मुझे प्यार की परिभाषा मिली तो ज़रूर बताऊँगा तुम्हें।"

"अच्छा ठीक है। लेकिन *गीता* पढ़ने से पहले केमिस्ट्री पढ़ लो यार और हमें फ़िज़िक्स भी पढ़ा दो। तुम लोग वैसे भी मेरे घर पढ़ाई करने नहीं आ रहे हो हफ़्ते भर से।" माहिरा ने मुझे प्यार की आभासी दुनिया से वापस लाते हुए कहा।

"हाँ यार। थोड़ी शर्मिंदगी थी और थोड़ा डर भी था। शिल्पा आती है क्या कोचिंग के बाद तुम्हारे यहाँ?"

"हाँ, और शायद तुम लोगों की राह भी देखती है कि तुम लोग आओगे। फिर कुछ देर बिना मन से पढ़ने के बाद वो भी चली जाती है।"

"क्या सच में। फिर वो बात क्यों नहीं कर लेती आकर?"

"अरे पागल। वो लड़की है और ऊपर से गलती भी तुमने की है। फिर वो कैसे आकर बात करेगी। इसीलिए पहल तुम्हें ही करनी होगी।"

"लेकिन मेरे ग्रीटिंग कार्ड के उसने तो अनगिनत टुकड़े करके भेजे।"

"वो दुबे सर ने कल महान कवि वृन्द की रचना बताई थी ना कि

करत-करत अभ्यास के, जड़मति होत सुजान।
रसरी आवत जात ते, सिल पर परत निसान।।

इसी तरह तुम भी कोशिश करते रहो। वो मान ही जायेगी," माहिरा एक विद्वान की तरह बोली।

"अच्छा ठीक है। हम आज से कोचिंग के बाद तुम्हारे घर आएँगे। और इस महीने शीला मैम के टेस्ट के साथ-साथ तिमाही एग्ज़ाम भी इस महीने के आख़िर में होने हैं।"

"इसलिए ही बोल रही हूँ कि अब तुम और शिल्पा अपनी लड़ाई छोड़कर हमें पढ़ाना चालू कर दो।"

इतने में खिलेश, कमलेश और योगेश भी आ गए। वो बड़े उत्साहित लग रहे थे और कमलेश की शरारती हँसी बता रही थी कि उन लोगों के पास कोई ख़ुफ़िया खबर है। कमलेश हमारी क्लास का चुग़लख़ोर आंटी था, जिसके पास हर ख़बर होती थी।

"अब बता भी दे कमलेश। क्यों अपने पेट में दर्द करके बैठा है," मैंने उसे छेड़ते हुए कहा।

"अबे आज हमारी आंटी इतनी बड़ी खबर लाई है कि सुनकर मज़ा आ जाएगा तुम सबको," योगेश ने हँसते हुए कहा।

"ठीक है। नहीं बताऊँगा मैं कुछ! एक तो बड़ी मुश्किल से कोई खबर खोजो और दूसरी ओर तुम सब लोग मेरा मज़ाक उड़ाते हो," कमलेश ने झल्लाते हुए कहा।

"अरे नहीं रे। तू तो हमारा लाडला है। इसीलिए हम सब चिढ़ाते हैं तुझे," खिलेश ने उसे पुचकारते हुए कहा।

"ये सब तो ठीक है लेकिन अब मुझे भी बताओ कि क्या हो गया है?" मेरी जिज्ञासा बढ़ रही थी।

"बात ये है कि हमारे राहुल द्रविड़ मतलब नवदीप को शिल्पा अच्छी लगने लगी है। वो कल राकेश से बोल रहा था," कमलेश ने राज़ खोला।

"क्या बात कर रहा है भाई? ऐसा कब हुआ? वो कब से ऐसा सोचने लग गया शिल्पा के बारे में?" मैंने सवालों की झड़ी-सी लगा दी।

"अभी बस एक सप्ताह से। शिल्पा हम लोगों से बात तो कर नहीं रही है। इसलिए एक दिन नवदीप ने शिल्पा से कॉपी माँगी और शिल्पा ने दे दी। शिल्पा ने कॉपी दी और नवदीप ने उसे दिल मान लिया। वो बोल रहा था कि शिल्पा जब किसी को कॉपी नहीं देती तो फिर मुझे ही कॉपी देकर उसने कोई सिग्नल दिया है मुझे," कमलेश ने पूरा वाकया सुनाया।

"अबे ये साला नवदीप तो फ़ुल टॉस दे दिया हमें। अब तो ग्राउंड के बाहर सिक्स मारना ही पड़ेगा।" योगेश ने तपाक् से कहा।

"मतलब तुम्हारे शैतानी दिमाग़ में कोई प्लान है?" माहिरा ने सवाल दाग़ा।

"बिलकुल है। देखो हमें मालूम है शिल्पा को प्यार-मोहब्बत में कोई इंटरेस्ट नहीं है। तो क्यों ना नवदीप के मज़े लें थोड़ा?" योगेश ने कहा।

"वो कैसे?" मैंने पूछा।

"देखो नवदीप को बोलते हैं कि उसे देर न करते हुए शिल्पा को आज ही प्रोपोज़ कर देना चाहिए। वरना लेट करने से वो मना भी कर सकती है," योगेश ने प्लान बताया।

"अरे लेकिन कुछ उल्टा मत कर बैठना। वरना शिल्पा और भी नाराज़ हो जाएगी," माहिरा ने हमें समझाते हुए कहा।

"नहीं अब उल्टा नहीं सब सीधा होगा। याद है ना आख़िरी बार जब एक लड़के ने शिल्पा को प्रोपोज़ किया था तो क्या हुआ था?" योगेश ने शरारती मुस्कान के साथ कहा।

"हाँ, हाँ। याद है," मैंने भी उसके सुर में सुर मिलाया।

इतने में राकेश भी आ गया और हमने उसे भी प्लान बताया। प्लान के अनुसार राकेश को आज स्कूल के बाद कोचिंग के समय ही नवदीप को शिल्पा को प्रोपोज़ करने को मनाना था। राकेश भी मान गया। राकेश आज जाकर नवदीप के बाज़ू वाली बैंच पर बैठ गया और हम सभी भी नवदीप के आने का इंतज़ार करने लगे।

जैसे ही नवदीप आया और हिन्दी की क्लास चालू हुई, राकेश अपने काम में लग गया। उसने उसे बताया कि शिल्पा को चॉकलेट का डब्बा बहुत पसंद है वो भी डेयरीमिल्क सिल्क और उसके अलावा एक ग्रीटिंग कार्ड वो भी दिल वाला। वैसे तो सरदार जी बड़े कंजूस थे लेकिन लड़की का मामला आते ही वो दिलदार हो गए थे। नवदीप ने तुरंत ही इन चीज़ों को खरीदने के लिए हामी भर दी। इतना ही नहीं वो एक चॉकलेट नहीं बल्कि पूरा डब्बा लेने को तैयार हो गया। बस राकेश को इतना करना था कि स्कूल के बाद उसके साथ जाकर इन सब चीज़ों की खरीददारी करवानी थी।

आज हमारा दिन स्कूल में कैसे निकला मालूम ही नहीं चला। न केमिस्ट्री हमें उलझा पाई और न फ़िज़िक्स हमें सुलझा पाई। और तो और मैथ्स भी हमें डरा नहीं पाई। इतना उत्साहित तो हम शायद 2003 वर्ल्ड कप में इंडिया के फ़ाइनल मैच के लिए भी नहीं हुए थे। जैसे ही स्कूल की छुट्टी हुई हम सब जल्दी-से-जल्दी घर गए और थोड़ी देर के बाद कोचिंग पहुँच गए। वहाँ शिल्पा

और माहिरा पहले से ही मौजूद थीं। माहिरा ने हमें देखकर हमेशा की तरह प्यारी-सी मुस्कान दी लेकिन शिल्पा ने हमें भाव नहीं दिया। आज हम यहाँ भी बस कोचिंग ख़त्म होने के बाद वाले तमाशे का इंतज़ार कर रहे थे।

जैसे ही कोचिंग ख़त्म हुई योगेश दौड़कर गया और माहिरा की साइकिल की हवा निकाल दी। इस एक सप्ताह से माहिरा और शिल्पा साथ जाती थीं और चूँकि शिल्पा हमसे गुस्सा थी तो हम लड़के अलग से जाते थे। लेकिन आज साइकिल के पंक्चर होने का बहाना मारते हुए माहिरा शिल्पा से बोली कि मैं आकाश वगैरह के साथ पहले साइकिल ठीक करवाऊँगी और फिर घर जाऊँगी। उसने शिल्पा को भी रुकने को बोला लेकिन शिल्पा ने ताना मारते हुए मना कर दिया कि जब तुम्हारे दोस्त हैं ही तो मैं क्यों रुकने की तकलीफ़ उठाऊँ। हमने जैसा सोचा था ठीक वैसा ही हो रहा था।

शिल्पा अपनी साइकिल लेकर घर की ओर बढ़ने लगी। इतने में हमारे बकरे ने एंट्री मारी अपने पापा के बुलेट के साथ। कसम से आज तो वो बिलकुल दलेर मेहँदी लग रहा था। उसने इशारा देकर शिल्पा को रुकने के लिए कहा। हम भी छुपकर फ़िल्म देखने के लिए तैयार थे।

''शिल्पा ये लो तुम्हारी कॉपी। थैंक यू अपनी कॉपी देने के लिए,'' नवदीप ने शरमाते हुए कहा।

''अरे इसमें थैंक यू की कोई बात नहीं बस ये नोट्स तुम किसी और को मत देना,'' शिल्पा इत्मीनान से बोली।

''हाँ नहीं दूँगा। और ये तुम्हारे लिए चॉकलेट भी लाया हूँ मैं,'' नवदीप ने झिझकते हुए उसे चॉकलेट दी।

''ये क्यों? बर्थडे तो नहीं है तुम्हारा?'' शिल्पा को अब थोड़ा-सा शक हुआ लेकिन फिर भी उसने संयम बरतते हुए कहा।

''नहीं जी। वो मैंने ना...''

''क्या? बोलो भी?'' शिल्पा ने आवाज़ ऊँची करके पूछा।

''पाजी देर ना करो। अब दिल की बात बोल भी दो,'' योगेश यहाँ अपनी कमेंटरी कर रहा था।

''अबे चुप करो तुम। बस देखते रहो,'' मैं फुसफुसाया। और हम फिर उन्हें देखने लगे।

''जी, तुम ही पढ़ लो ना वो कॉपी के बीच एक ख़त में कुछ लिखा है मैंने।''

शिल्पा उस ख़त को निकाल कर पढ़ने लगी—

सुन ले ओ कुड़िए मेरी बात,
तू ही है क्लास में सबसे हॉट।
तुझे देखकर दिल की लगी वाट,
अब मुझे लाने दे तेरे घर बारात।।

शिल्पा का चेहरा लाल हो चुका था और नवदीप का सफ़ेद। शिल्पा ने गुस्से से नवदीप की आँखों में देखा।

''जी सरदार जी। वो बात ऐसी है ना कि बारात तो मैं तेरी निकालूँगी। साले कॉपी क्या दे दी तू तो बावरा ही हो गया। और इतनी गन्दी शायरी भी लिखता है।''

''अगर तू अभी के अभी नहीं गया ना तो तेरी बेल्ट निकाल कर उसी तरह पिटाई करूँगी जैसे पिछले वाले की, की थी,'' शिल्पा नवदीप का कॉलर पकड़े हुए बोलती रही।

''जी वो कॉलर छोड़ दो तभी तो जाऊँगा और वो शायरी भी मुझे राकेश ने लिख कर दी थी,'' नवदीप मिमियाते हुए बोला।

इतने में योगेश और खिलेश की हँसी छूट पड़ी और शिल्पा ने हमें देख लिया।

''सालो ये हरकत तुम्हीं लोगों की है ना।'' शिल्पा नवदीप को छोड़कर हमारी तरफ़ भागती हुई आ रही थी। और हम भी अपनी जान बचाने के लिए भागने लगे।

''रुको सालो। मैं किसी को नहीं छोड़ूँगी,'' शिल्पा के अंदर माता काली का रूप जाग चुका था।

अब शिल्पा पीछे-पीछे और हम आगे-आगे भाग रहे थे। माहिरा भी हमारे साथ भाग रही थी। इतने में माहिरा थोड़ा पीछे छूटी तो हम उसके लिए रुके लेकिन ठीक इसी वक़्त शिल्पा ने मुझे पकड़ लिया और मुझे पीटने लगी। अब ऐसे में बाक़ी लोग भी कैसे भागते वो भी बारी-बारी से मार खाने आ गए। जब शिल्पा सबको मार-मार के थक गई तो बोली, ''तुमको नवदीप के अलावा और

कोई नहीं मिला बकरा बनाने को ?''

बस फिर क्या था ? हम सब खिलखिला कर हँस पड़े और फिर एक-दूसरे से ऐसे गले लगे कि लगा ही नहीं कि कोई बात हुई भी हो। सब कुछ बिलकुल सामान्य हो गया एक सप्ताह पहले की तरह।

सच ही कहते हैं ना रूठे दोस्त रोते हुए सॉरी बोलकर गले नहीं मिलते, बल्कि हँसते हुए, गाली देते हुए गले मिलकर सब पुरानी बातें भुला देते हैं। और हाँ इतनी देर में सरदार जी मौका देखकर भाग चुके थे।

अगले दिन से फिर से हमारा पुराना ग्रुप वापस आ चुका था। हम साथ में कोचिंग जाते और वहाँ से माहिरा के घर जाकर पढ़ाई करते थे। देखते-ही-देखते शीला मैम के टेस्ट के साथ-साथ महीने के अंत में हमारे तिमाही एग्ज़ाम भी खत्म हो गए। अब हम सबको हमारी पिकनिक का इंतज़ार था जिसमें ट्वैल्थ के बच्चों को तिमाही एग्ज़ाम के बाद छत्तीसगढ़ के कुछ खूबसूरत पर्यटन स्थलों में जाने का मौका मिलता था।

पिकनिक सदाबहार

"अबे मैंने सुना है कि पिकनिक के लिए हमें चित्रकोट ले जा रहे हैं। बोलते हैं भगवान राम जी अपने वनवास के दौरान वहीं रहे थे," योगेश ने उत्सुकता से कहा।

"भाई वो चित्रकूट है जो यूपी और एमपी के बॉर्डर में है और ये चित्रकोट है,जहाँ बहुत बड़ा जलप्रपात है। थोड़ा-बहुत तो छत्तीसगढ़ के बारे में जान अब," मैंने झल्लाते हुए कहा।

"अबे जानते हैं हम। बस थोड़ा कंफ़्यूज़ हो गए थे बस। बाक़ी हम तो अब छत्तीसगढ़िया ही हैं," योगेश ने बड़े कॉन्फ़िडेंस से कहा।

"ठीक है। चल मान लेता हूँ। वैसे ये बता तेरी क्रिकेट की कोचिंग कैसी चल रही है।"

"अबे देखो अपनी बॉलिंग से तो हमने बवाल मचा रखा है, लेकिन वो ट्रस्टी का बेटा भी बॉलर है। तो कोच बोल रहा था कि इस बार अंडर-19 का ट्रायल उसे देने दो। अगली बार तुम्हारा नंबर पक्का आएगा। साला दिमाग का चरस बो रखा है उसने।"

"कोई बात नहीं यार। तुम अभी पढ़ाई पर ध्यान दो इस साल। अगला एक साल सिर्फ़ क्रिकेट को ही देना।"

"हमारे पास समय ही तो नहीं है। अगले साल अंडर-19 में नहीं हुआ तो उसके अगले साल हम वैसे भी 20 साल के हो जाएँगे।"

हम स्कूल के बरामदे में खड़े होकर बातें कर रहे थे। तभी जोशी सर हमारी बात सुनकर हमारे पास आए। वे योगेश के कंधे पर हाथ रखते हुए बोले, "बेटा योगेश मैं तुम्हारी बात से सहमत हूँ तुम्हें क्रिकेट पर ही ध्यान देना चाहिए। लेकिन पढ़ाई भी उतनी ही ज़रूरी है वरना मैन ऑफ़ द मैच मिलने पर इंग्लिश में कैसे बोलोगे।"

जोशी सर हमेशा ही हल्के-फुल्के अंदाज़ में सबको पढ़ने के लिए

प्रोत्साहित किया करते थे। वैसे आज उन्होंने ये भी बताया कि पिकनिक में हमारे साथ दुबे सर और रम्या मैम जाएँगे। ये बात सुनकर हमारा उत्साह चरम पर था, क्योंकि वो दोनों ही बच्चों से मिलजुलकर रहते थे। वरना पिछले साल शीला मैम सीनियर्स के साथ गई थीं, इसलिए वो लोग ज़्यादा मज़े नहीं कर सके थे।

~

''बच्चों कल से तीन दिनों के लिए आप लोग पिकनिक पर जाओगे। कल सुबह सबसे पहले भिलाई स्टील प्लांट जाएँगे। आप लोगों के लिए मैंने अलग से इजाज़त ले ली है और वहाँ आपको अपनी सुरक्षा का पूरा ध्यान रखना है। फिर वहाँ से आप लोग शाम को मैत्री गार्डन जाएँगे। जहाँ से रात का खाना खाकर चित्रकोट जलप्रपात की ओर रवाना होंगे। जहाँ दिन भर रुकने के बाद अगले दिन वापस स्कूल आएँगे। इस पूरी यात्रा के दौरान आपको दुबे जी और रम्या मैम के अनुसार ही चलना है। थोड़ी-सी भी लापरवाही बरतने पर कठोर सज़ा पाने के लिए भी तैयार रहें। ख़ैर इन तीन दिनों में पढ़ाई की सब बातें भूलकर मज़े करें।'' प्रिंसिपल सर की इस उद्घोषणा के बाद पूरी क्लास तालियों से गूँज उठी।

आज दिनभर क्लास में सभी सब्जेक्ट के पीरियड्स में बच्चों में बस फुसफुसाहट ही चल रही थी। कोई अपना वॉकमैन साथ लाने की बात कर रहा था तो कोई रेडियो। वहीं कुछ लड़कियाँ अपनी मेकअप किट को साथ ले जाने की बात कर रही थीं। लड़कियाँ इसलिए भी ज़्यादा उत्साहित थीं क्योंकि साल भर तो उन्हें दो चोटियाँ बाँधकर, यूनिफ़ॉर्म पहन स्कूल आना पड़ता था, लेकिन अब से तीन दिनों तक वो स्वतंत्र होंगी। न शीला मैम के तानों का डर और न ही घरवालों का। इसी बहाने क्लास के लड़के भी महसूस करते हैं कि जिसे वो विद्या बालन समझते थे वो तो दीपिका पादुकोण निकली। बहुत-सी प्रेम कहानियाँ इस पिकनिक में जन्म लेती थीं। ख़ैर मेरी कहानी तो शुरू हो चुकी थी। लेकिन फिर भी मैं माहिरा के दिल का हाल भी जानना चाहता था। इसीलिए मैंने कुछ प्लान करने का सोचा, जिससे मुझे भी समझ आ सके कि उसके दिल में क्या छुपा है।

स्कूल के बाद हमारे ग्रुप ने योगेश के यहाँ मीटिंग करने का सोचा। हमेशा

की तरह आज भी हमारी मीटिंग का एक एजेंडा था। हम सबने ये तय किया कि हम बस में मनोरंजन के लिए कुछ-न-कुछ गेम पहले से बना लेंगे जिससे कोई भी बोर न हो। साथ-ही-साथ पूरे ग्रुप के साथ रहने की भी बात हुई। जिससे कोई हमारे ग्रुप की यूनिटी पर सवाल न उठा सके। और सबसे खास बात ये हुई कि राकेश अपना डीएसएलआर कैमरा लाने वाला था। फिर हम सब निश्चिन्त होकर पिकनिक के लिए सामान पैक करने के लिए घर की ओर बढ़ चले।

~

"दीदी बताओ ना? काला जीन्स अच्छा लगेगा कि नीला? अच्छा सफ़ेद टी-शर्ट के ऊपर एक जैकेट भी पहन लूँ क्या?"

आज मैंने दीदी के ऊपर ऐसे सवालों की बारिश कर दी थी और दीदी भी पूरे इत्मीनान से मेरा हुलिया सुधार रही थी।

"देख बारिश का मौसम चालू हो चुका है। हल्की ठण्ड पड़ेगी तो जैकेट तो पहन ही ले और ये सैंडल पहन कर मत जा। नीले जीन्स के साथ काले जूते पहन। बहुत हैंडसम दिखेगा तू," दीदी ने अपना फ़रमान सुनाया।

मैं भी दीदी की बात मानते हुए उनके अनुसार ही पैकिंग करके पिकनिक पर जाने के लिए तैयार हो रहा था। वैसे तो ये पिकनिक का सारा ख़र्च स्कूल वहन कर रहा था लेकिन फिर भी मैंने पापा से कुछ पैसे अपने ख़र्च के लिए माँगे। पापा तो पापा ही थे। काफ़ी सोच-विचार करने के बाद उन्होंने सौ रुपए के दो नोट निकाल कर दे दिए और मैं मन मार कर रह गया। जब मैं घर से जाने के लिए निकला तभी माँ ने चुपके से पाँच सौ का एक नोट मेरी जेब में डाल दिया और मैं अब खुशी से स्कूल की तरफ़ चल पड़ा।

~

"अबे वो करिश्मा को तो देख ! वो तो करिश्मा कपूर लग रही है," राकेश ने आँखें बड़ी करते हुए कहा।

"साले हमने पहले ही बोला था कि उसके प्रोपोज़ल को हाँ बोल दो," योगेश ने ताना मारते हुए कहा।

"नहीं भाई। मुझे बस अपनी वाली ही एट्थ क्लास से पसंद है और शादी भी उसी से होगी," राकेश ने एक आदर्श बॉयफ्रैण्ड होने का प्रमाण दिया।

"एक तरफ़ किसी को कोई पूछता भी नहीं और दूसरी तरफ़ लोगों को प्रोपोज़ल तक आ जाते हैं। अगर वो मुझे प्रोपोज़ करती तो मैं हाँ भी बोलता और ऊपर से उसे कुछ गिफ़्ट भी दे देता," कमलेश ने शरमाते हुए कहा।

"अबे गधे इसलिए ही तो कोई हाँ नहीं बोलती ना तुम्हें। और वैसे भी लड़कियाँ बुरी बला हैं। मेरी तरह तुम भी दूर ही रहो तो अच्छा है," खिलेश ने अपना पूरा अनुभव बाँटते हुए कहा।

हम सब अनूप भैया की टपरी में खड़े होकर सबको स्कूल की तरफ़ जाते देख रहे थे। सभी लड़कियों के दर्शन करने के बाद हम भी स्कूल की तरफ़ बढ़ रहे थे। इतने में शिल्पा भी एक बड़ा-सा बैग पकड़ कर अपने पापा के साथ आई। जहाँ एक तरफ़ लड़कियों ने मेकअप करने में कोई कसर नहीं छोड़ी थी, वहीं दूसरी तरफ़ शिल्पा टॉम बॉय जैसी ही आई थी। एक टी-शर्ट, गले में साफ़ा और पैरों में स्पोर्ट्स शूज़। शायद उसे तैयार होने में मेरे से भी कम ही समय लगा होगा। रम्या मैम भी आज पूरी तरह मेकअप में आई थीं। जैसे ही उन्होंने 'हैलो एवरीवन' कहा सभी ने ख़ासकर लड़कों ने एक सुर में 'हैलो मैम' बोलकर उनका अभिवादन किया। दुबे सर हमेशा की तरह क्रीज़ वाली शर्ट और पैंट पहन कर आए।

सब आ गए लेकिन जिसका इंतज़ार मैं कर रहा था वो नहीं आई थी। जी हाँ। बस में सब लोग अपनी पसंद की जगह घेर रहे थे और मैं यहाँ बस के बाहर माहिरा की राह देख रहा था। रम्या मैम ने सबकी गिनती भी चालू कर दी थी और मेरा दिल ज़ोरों से धड़क रहा था। कहीं वो नहीं आई तो? कहीं किसी मुसीबत में होगी तो? कहीं उसके घरवालों ने मना कर दिया तो? न जाने ऐसे कितने ही सवाल मेरे मन में चल रहे थे। तभी रम्या मैम ने शिल्पा से माहिरा के बारे में पूछा। उसे भी कुछ पता नहीं था। हम लोग दस मिनट तक उसकी राह देखते रहे। लेकिन जब माहिरा नहीं आई तो दुबे सर ने बस को चलने के लिए कहा। मैं भी उदास होकर बस में चढ़ गया। जब नहीं ही आना था तो पहले बता देती ना? क्यों फ़ालतू में कल योगेश के यहाँ आई। मैं मन-ही-मन उससे गुस्सा हो रहा था।

हमारी बस स्कूल से निकल चुकी थी और कुछ ही समय में भिलाई स्टील

प्लांट पहुँचने वाली थी। मैं मुँह लटका कर बैठा था और किसी ने मुझे कुछ पूछा भी नहीं, क्योंकि वो भी वजह जानते थे। स्टील प्लांट के पास आते ही हमें प्लांट की चिमनियाँ दिखाई देने लगी थीं। सभी खुश थे कि आज उन्हें अंदर से स्टील प्लांट घूमने का मौका मिलेगा। दरअसल भिलाई शहर इस स्टील प्लांट की वजह से ही बसा था। इसीलिए ही भिलाई में आपको हर धर्म और प्रदेश के लोग आसानी से मिल जाएँगे। साथ-ही-साथ हर त्यौहार उतना ही धूमधाम से मनाया जाता है चाहे वो दीपावली हो या छठ।

हमारी बस स्टील प्लांट के गेट पर पहुँच गई थी। जैसे ही बस रुकी, हमने देखा कि माहिरा अपने पापा के साथ वहाँ पहले से खड़ी थी। मेरा मुरझाया हुआ चेहरा किसी सुबह की ताज़ी कली के जैसे फिर खिल उठा था।

''सॉरी दुबे सर और रम्या मैम। दरअसल पापा जहाँ गरीब बच्चों को पढ़ाते हैं वहाँ एक बच्चा अचानक बेहोश हो गया था। इसीलिए उसे हम पहले हॉस्पिटल लेकर गए थे और इसी चक्कर में थोड़ा लेट हो गए,'' माहिरा ने दोनों से माफ़ी माँगी।

''कोई बात नहीं बेटे। अच्छे काम के लिए ही गए थे। जाओ जाकर सबसे मिल लो,'' दुबे सर ने भी उसकी हालत समझते हुए कहा।

दूसरी लड़कियों से इतर माहिरा बिलकुल कम मेकअप करके आई थी। उसने काले रंग का सूट पहना था और साथ में उसकी काली बिंदी उसके चेहरे का नूर बढ़ा रही थी। वो सबसे पहले शिल्पा से आकर मिली और पूरी घटना बताई। लेकिन इस दौरान चश्मे के पीछे से उसकी काजल लगी हुई आँखें मुझे घूर रही थीं। जैसे वो मुझे वहाँ आने का इशारा कर रही थी। लेकिन मैं भी गुस्सा होने का नाटक कर रहा था। इस सब के दौरान हमें अंदर जाने का पास मिला और हम भिलाई स्टील प्लांट के अंदर पहुँच गए।

हमारा एक छोटा-सा इंडक्शन प्रोग्राम था। जहाँ हमें भारत और रूस के बीच की संधि और उसकी वजह से स्टील प्लांट के निर्माण की पूरी कहानी बताई गई। साथ-ही-साथ यह बताया गया कि भारत और रूस की दोस्ती के स्मारक के रूप में मैत्री बाघ बनाया गया जो हमारी पिकनिक का दूसरा पड़ाव था। वैसे इस प्रोग्राम के दौरान भी मैं माहिरा से दूर अपने लड़कों के ग्रुप के साथ ही बैठा। ऐसा नहीं है कि मुझे बैचनी नहीं थी उससे मिलने की। लेकिन फिर भी मैं उसके मन का भी हाल जानना चाहता था। इंडक्शन के बाद सबसे पहले हमें

मशीन शॉप ले जाया गया। जहाँ पर बहुत सारी लेथ मशीनें थीं। हम सब वहाँ काम कर रहे लोगों के पास जाकर उसके बारे में पूछ रहे थे। बहुत सारी मशीनें होने के कारण हम सब लोग छोटे-छोटे ग्रुप्स में बँट गए। मैं भी एक मशीन के पास जाकर उसकी कार्यशैली देखने लगा।

"क्या हुआ? गुस्सा हो क्या?" माहिरा ने मेरे पास आकर कहा।

"नहीं तो! मैं क्यों गुस्सा होने लगा," मैंने भी मुस्कुराते हुए कहा।

"मुझे तो लग रहा है ऐसा। फिर तुम मेरे से दूर क्यों भाग रहे हो?"

"पता नहीं माहिरा। जब तुम नहीं आईं तो कुछ अजीब-सा महसूस हुआ मुझे। और जब तुम आ गईं तो भी मन का एक हिस्सा तुमसे गुस्सा हो रहा है," मैंने उसे अपनी बेचैनी बताई।

"इसीलिए ना कि मैं आकर भी तुम्हारे पास न आकर शिल्पा के पास गई?"

"मुझे नहीं मालूम यार। लेकिन मुझे बहुत मिक्स फ़ीलिंग आ रही है। मुझे कुछ समय चाहिए।"

"जैसी तुम्हारी मर्ज़ी आकाश।"

ये बोलकर माहिरा वहाँ से चली गई। मैंने सोचा था कि मैं बस गुस्सा होने का नाटक करूँगा, लेकिन पता नहीं क्यों मेरा मन किसी अलग ही दिशा में जा रहा था।

माहिरा को मेरे इस बर्ताव से काफ़ी बुरा लगा था और मुझे भी समझ नहीं आ रहा था कि मैं उसे अनदेखा क्यों कर रहा था। इतने में रम्या मैम ने हमें आगे बढ़ने का इशारा किया।

मशीन शॉप के बाद हमें स्टील मेल्टिंग शॉप ले जाया गया। हम लोगों ने यहाँ जो नज़ारा देखा वो अद्‌भुत था। हम लोहे को पानी के जैसे तरल रूप में देख रहे थे। ऐसा लग रहा था जैसे ज्वालामुखी से लावा निकल रहा था। वहाँ मौजूद कर्मचारियों ने बताया कि लोहे के अंदर की अशुद्धियों को बाहर निकाल कर स्टील बनाया जाता है। हम सभी के लिए वो किसी अजूबे से कम नहीं था। इसी बीच दुबे सर ने हमें पास बुलाया और पूछा,

"बच्चो इस प्रक्रिया को देख कर क्या सीखा आपने?"

"सर यही कि गर्मी बहुत है यहाँ तो पानी की बोतल साथ लानी चाहिए थी," योगेश बुड़बक की तरह बोल पड़ा।

"बेटे योगेश थोड़ा गहराई में जाकर सोचो," दुबे सर ने संयमित स्वर में कहा।

"सर जितना ज़्यादा हम तपते जाते हैं उतना ही निखरकर हम दुनिया के सामने आते हैं," माहिरा ने दुबे सर का मनचाहा जवाब दिया था।

"बिलकुल बेटा और साथ ही इस बात को भी भूलना नहीं कि ऐसे तपने में बहुत समय लगता है और अगर उसके बीच में हमने हार मान ली तो पूरी मेहनत पर पानी फिर जाएगा। इसीलिए अगर किसी मुश्किल रास्ते पर निकल पड़े हो तो फिर वापस पीछे मुड़कर मत देखना।" दुबे सर की बातों से समझ आ रहा था कि पिकनिक में सिर्फ़ मस्ती न करके कुछ सीखा भी जा सकता है।

अब प्लांट में हमारा आख़िरी पड़ाव रेल व्हील फ़ैक्ट्री था। वहाँ जाकर रेलवे की पटरियाँ बनते हुए देखने के लिए सब उत्साहित थे। जब हम वहाँ पहुँचे तो देखा कि लाल और अत्यधिक गरम पटरियाँ रोलर की सहायता से एक जगह से दूसरी जगह जा रही थीं। उसके बीचोंबीच बने ब्रिज में हम सब खड़े होकर पलक झपकाये बिना ये सब देख रहे थे। यहाँ सब कर्मचारी अपने काम में व्यस्त थे तो हम किसी से कुछ पूछ तो नहीं पाए लेकिन पूरे भारत की रेलवे की पटरियों को यहाँ बनते देखकर निश्चित ही हम एक गर्व की अनुभूति से भर गए थे।

यहाँ के ज़्यादा तापमान को देखकर दुबे सर ने हमें यहाँ से बाहर निकलने को कहा और साथ ही रम्या मैम को घड़ी की ओर इशारा करते हुए बताया कि लेट हो रहा है। रम्या मैम ने भी हम सबको बस में बैठने को कहा। और इस प्रकार हमारी पिकनिक के पहले अध्याय की समाप्ति बड़े ही रोमांचक ढंग से हुई।

वो प्यार का इज़हार

दोस्ती जहाँ रिश्तों को सुलझा देती है। वहीं प्यार उसे उतना ही उलझाता चला जाता है। अब तक जहाँ मुझे माहिरा की मौजूदगी सुकून महसूस कराती थी, वहीं अब मुझे उसके पास जाने से कुछ बेचैनी-सी होने लगी थी। दिल की धड़कन ज़ोरों से भागने लगती थी। दोस्ती से शुरू होकर ये सफ़र अपने अगले स्टेशन प्यार तक पहुँचने वाला था। लेकिन मुझे डर था कि कहीं मेरी ट्रेन उससे पहले ही किसी आउटर पर रुक न जाए। आउटर पर रुकने का मतलब था कि न दोस्ती मिलती न प्यार।

ख़ैर इसी कशमकश के बीच हम मैत्री बाघ में पहुँच चुके थे। आज यहाँ फ़्लॉवर्स शो भी था इसलिए बहुत ज़्यादा ही गहमागहमी थी। यहाँ हमें प्लांट के मुक़ाबले अपने अनुसार घूमने की आज़ादी थी। क्योंकि यहाँ कोई ख़ास रिस्क नहीं था। बस हमें यहाँ से रात का खाना खाने के बाद चित्रकोट जलप्रपात के लिए निकलना था, इसलिए सबको रात नौ बजे तक बस के पास पहुँचने को बोला गया।

अब हम अपने ग्रुप के साथ ही आ गए थे। हमारे साथ होकर भी माहिरा कुछ उखड़ी-सी थी। ज़्यादातर वो शिल्पा से ही बातें किए जा रही थी। ऐसे में योगेश ने मेरे कान में कुछ बुदबुदाया।

"चलो पहले वो टॉवर चलकर देखते हैं," योगेश ने सबको बोला।

"अरे लेकिन वहाँ तो सबसे आख़िर में जाते हैं ना? और बाक़ी सब लोग भी झूले की तरफ़ से जा रहे हैं," शिल्पा ने सवाल किया।

"बात को समझो। अगर इन सबके साथ ही रहे तो हर जग़ह कितनी भीड़ होगी। उससे अच्छा है कि आख़िर से देखना चालू करते हैं," योगेश ने सटीक जवाब दिया। और हम सब टॉवर की ओर बढ़ चले।

वो टॉवर लगभग तीन मंज़िला इमारत की ऊँचाई का था। वहाँ से हम एक ख़ूबसूरत डैम को देख पा रहे थे जो मैत्री गार्डन की बॉउंड्री के उस पार था।

साथ-ही-साथ हम डैम के दूसरी तरफ़ प्लांट से निकलने वाले धुएँ को भी देख पा रहे थे। चिमनियों से निकलने वाला धुआँ बादलों के साथ मिलकर आसमान को लाल कर रहा था। माहिरा एकटक ये नज़ारा देख रही थी। सब लोग अब वापस नीचे जा रहे थे लेकिन मैंने माहिरा को रोक लिया।

''क्या हुआ आकाश?''

''वो आई एम सॉरी माहिरा। मुझे पता नहीं क्या हो गया था,'' मैंने सफ़ाई दी।

''तो अब पता चला कि क्या हो गया था तुम्हें?''

''नहीं अभी तक तो नहीं,'' मैंने कन्धे उचकाते हुए कहा।

''तो फिर जब पता चल जाए तो ही बात करना मेरे से,'' इतना कहकर माहिरा वहाँ से चली गई और योगेश का प्लान चौपट हो गया।

ये लड़कियाँ भी अजीब होती हैं ना! जब शिल्पा ग़ुस्सा हुई तो ख़ुद से जाकर उससे बात करने को बोलती थी और अब आज ख़ुद ग़ुस्सा हो गई तो मैडम बात करने को राज़ी नहीं थीं। मुझे समझ आ चुका था कि मुझे थोड़े और पापड़ बेलने होंगे और ऐसे समय में मेरी मदद शिल्पा ही कर सकती थी। लेकिन माहिरा तो शिल्पा के ही साथ थी। ऐसे में योगेश ने माहिरा को शिल्पा से दूर कहीं और ले जाने के लिए कमलेश का नाम सुझाया। कमलेश आसानी से मान भी जाता, क्योंकि वैसे भी उसे तो लड़कियों के सामने अपनी तारीफ़ करने में मज़ा ही आता था। योगेश ने अब इस प्लान में राकेश को भी मिला लिया। जैसे ही हम ज़ू के अंदर दाख़िल हुए हमने अपना दूसरा प्लान चालू किया।

''अरे कमलेश एक पोज़ देना फिर मैं तेरी फ़ोटो लेता हूँ यहाँ बंदरिया के साथ,'' राकेश ने अपना कैमरा दिखाते हुए कहा।

''बंदरिया के साथ ही क्यों भाई। लेनी है तो मेरी अकेले की फ़ोटो लो,'' कमलेश ने खीझते हुए कहा।

''ठीक है। चलो तुम वो जहाँ पर हिरणों का झुंड है ना वहाँ खड़े हो जाओ,'' राकेश एक मँझे हुए फ़ोटोग्राफ़र की तरह बोला।

''अरे ये सब क्या अभी से फ़ोटो ले रहे हो। और वो भी कमलेश की? लेनी है तो वहाँ पर जो बब्बर शेर है उसकी फ़ोटो लेना,'' शिल्पा हमें बीच में टोककर बोल पड़ी।

''लेने दो ना यार फ़ोटो। उसी के लिए तो राकेश इतना अच्छा कैमरा लाया

है,'' मैंने शिल्पा को समझाते हुए कहा।

''चलो मैं सबकी एक ग्रुप फ़ोटो लेता हूँ,'' खिलेश ने कैमरा अपने हाथ में लेते हुए कहा।

फिर हमने ग्रुप फ़ोटो ली और इतने में राकेश बोल पड़ा,

''माहिरा आज कमलेश और तुमने एक ही रंग के कपड़े पहने हैं तो इसी बात पर एक फ़ोटो तुम दोनों की हो जाए।''

''क्यों नहीं,चलो कमलेश साथ में एक फ़ोटो लेते हैं,'' माहिरा भी तपाक् से बोल पड़ी।

कमलेश शरमाते हुए माहिरा के बग़ल में खड़ा हो गया।

''तुम लोग यहाँ फ़ोटो लेते रहो और मैं चली बब्बर शेर देखने,'' शिल्पा नाराज़ होते हुए जाने लगी।

''अरे रुको ना मैं भी आता हूँ तुम्हारे साथ,'' मैं प्लान के मुताबिक़ शिल्पा के पीछे जाने लगा।

उधर कमलेश उत्साहित होकर माहिरा के साथ अलग-अलग पोज़ में फ़ोटो ले रहा था। जब माहिरा बोली कि चलो चलते हैं तब राकेश और योगेश ने यह बोलकर रोक लिया कि बस कमलेश के साथ ही फ़ोटो ले रही हो और हम दोस्त नहीं हैं ना तुम्हारे। यहाँ मैंने शिल्पा को आज की बात विस्तार से बताई।

''बेटा प्यार में पड़ गया है तू माहिरा के,'' शिल्पा ने सीधी बात की।

''नहीं-नहीं ऐसा कुछ नहीं है यार। लेकिन ऐसे रूठ गई है तो अच्छा नहीं लग रहा है मुझे बस,'' मैंने अपनी भावनाओं को छुपाते हुए कहा।

''अच्छा ऐसा है तो रहने दे ना उसे ग़ुस्सा। मुझे भी तो एक सप्ताह के बाद मनाया ना! देख मेरे से सच बोलेगा तभी मदद करूँगी।''

''देख शिल्पा। मुझे ख़ुद ही समझ नहीं आ रहा है तो मैं तुझे क्या ही सच या झूठ बोल सकता हूँ। बस उसे नाराज़ देख रहा हूँ तो दिल में एक बेचैनी-सी हो रही है। उससे तुरंत जाकर बात करने का मन हो रहा है। लेकिन वो बात करने को तैयार ही नहीं है,'' मैंने उदास होते हुए कहा।

''गधे इसे ही प्यार कहते हैं। प्यार ही इंसान को इस कदर बेचैन कर देता है।''

''जो भी हो। मेरी माहिरा से बात करा देना।''

''ठीक है। अब बस तू देखता जा।''

इतने में सब लोग शेर को देखने आ पहुँचे। योगेश पिंजरे के पास जाकर उस बब्बर शेर को चुनौती दे रहा था कि अबे दम है तो चिल्ला के दिखा। लेकिन शेर अपनी ही धुन में था और हमें कोई भाव नहीं दे रहा था। जैसे ही हम आगे बढ़ने वाले थे, वैसे ही शेर ने एक ज़ोरदार दहाड़ मारी और मेरे बाज़ू में चल रही माहिरा ने ज़ोर से मेरा हाथ पकड़ लिया। फिर उसे याद आया कि वो तो ग़ुस्सा है तब उसने सॉरी बोलकर हाथ छोड़ दिया। लेकिन उसके नाख़ून के निशान मेरे हाथों में देखकर मैं मन-ही-मन मुस्कुरा रहा था।

ज़ू के सभी जानवरों को देखने के बाद अब बोटिंग करने की बारी थी। हर एक नाव पर दो लोगों को सवार होना था। हम सब लाइन लगाकर अपनी बारी का इंतज़ार कर रहे थे। शिल्पा के ठीक पीछे माहिरा खड़ी थी और उसके पीछे मैं। नवदीप और खिलेश नाव से एक चक्कर लगाकर वापस आ रहे थे। अब शिल्पा और माहिरा को उसमें बैठना था। लेकिन नवदीप ज़िद करने लगा कि उसे एक और चक्कर लगाना है। ऐसे में उस नाव से बस खिलेश उतर गया और शिल्पा उसकी जगह बैठ गई। ये सब शिल्पा का ही प्लान था। उसने ही नवदीप को ऐसा करने को बोला था। वरना उस दिन के बाद से नवदीप की शिल्पा से बात तक करने की हिम्मत नहीं थी। अब अगली नाव आ चुकी थी, जिसमें मुझे और माहिरा को बैठना था। माहिरा इधर-उधर देख रही थी जैसे वहाँ से किसी तरह भाग जाना चाहती हो। लेकिन रम्या मैम वहीं पर खड़ी थीं इसलिए उसने कुछ नहीं बोला और चुपचाप मेरे साथ नाव में सवार हो गई।

चूँकि नाव को हमें पैडल करते हुए आगे बढ़ाना था इसलिए कुछ मिनट तो हमें अपने पाँव जमाने में ही लग गए। हम भीड़ से दूर आ गए थे जहाँ सिर्फ़ पंछियों के चहचहाने की आवाज़ आ रही थी। मैं माहिरा से बात करना तो चाहता था लेकिन कहाँ से शुरू करूँ समझ नहीं आ रहा था। तभी माहिरा ने अपनी चुप्पी तोड़ी।

''मुझे पता है कि शिल्पा और बाक़ी के तुम्हारे दोस्तों ने ये सब प्लान किया है। लेकिन इन तीन महीनों में क्या तुम मुझे इतना भी नहीं समझ सके कि मुझसे बात करने के लिए तुम्हें किसी और से मदद लेने की ज़रूरत नहीं है। क्या होता अगर मैं थोड़ी देर बात नहीं करती। इतना क्या बेचैन होना कि सबके साथ मिल के ये सब कर रहे हो,'' माहिरा ने अपनी नाराज़गी दर्ज कराई।

''सॉरी यार। लेकिन मुझे लगने लगा कि तुम मेरे से कभी बात नहीं करोगी। मुझे अजीब-सा डर लग रहा था। तुम्हें देखते ही मेरा दिल ज़ोर से

धड़कने लगता है। अभी भी दिल ने अपनी रफ़्तार बढ़ा दी है।''

''क्यों हो रहा है तुम्हें ऐसा! कहीं मोहब्बत तो नहीं हो गई है तुम्हें?'' माहिरा का तीर निशाने पर लगा था।

हम दोनों ही एक तरफ़ देखे जा रहे थे। नाव को पैडल करने की बात तो हम भूल चुके थे। नाव भी पानी की धारा के साथ बह रही थी। साँसें अपने आप ही बढ़ रही थीं। पास ही लगे अमलतास के पेड़ से फूल अपने आप ही हमारे ऊपर गिर रहे थे। मेरा हाथ भी माहिरा के हाथ को अपने आप ही पकड़ चुका था। काश, माहिरा को मेरे दिल की बात भी अपने आप ही मालूम चल जाती!

''आकाश जल्दी आगे देखो। हम गलत बहाव की तरफ़ आ चुके हैं,'' माहिरा चिल्लाई।

हमारी नाव झील के आख़िरी पड़ाव पर जा रही थी। जहाँ से वापस आना मुश्किल था। और न ही वहाँ कोई सुरक्षाकर्मी था जो हमें निर्देश दे सकता था। मैंने एक पगडंडी देखी और साथ में एक पेड़ का तना जो झील की तरफ़ ही काफ़ी हद तक झुका हुआ था। हम दोनों ने पूरी ताकत लगाकर पेड़ के तने को पकड़ा और नाव छोड़ बाहर आ गए। पगडंडी के रास्ते से होते हुए जब हम वापस पहुँचे तो सब हमारा ही इंतज़ार कर रहे थे। जब रम्या मैम ने पूछा तो उन्हें बताया कि कैसे पानी का बहाव हमें दूसरे छोर पर ले गया था। ख़ैर इन सबके बीच हमारी बातें अधूरी ही रह गई थीं लेकिन मैंने कुछ हद तक राहत की साँस ली।

ज़ू देखने और बोटिंग करने के बाद अब हमें म्यूज़िकल फ़ाउंटेन देखना था। यहाँ का म्यूज़िकल फ़ाउंटेन शो बहुत ही प्रसिद्ध है। पूरे छत्तीसगढ़ से लोग इसे बड़े चाव से देखने आते हैं। अँधेरा हो चुका था। हम सब भी पेड़ों के नीचे बनी सीढ़ियों पर बैठ चुके थे। रम्या मैम और दुबे सर सामने कुर्सी पर बैठे थे। वैसे तो मैंने कई बार यह देख लिया था लेकिन आज पूरी क्लास के साथ देखने में और ज़्यादा मज़ा आ रहा था। जैसे-जैसे गाने चल रहे थे उसी के अनुसार लाइट और पानी की फुहारें भी ऊपर-नीचे हो रही थीं। पूरे माहौल में मस्ती छा चुकी थी। हमारे पाँव भी थिरकने को बेक़रार थे। शिल्पा ने अपनी जग़ह से उठकर रम्या मैम का हाथ पकड़कर उन्हें उठाया और वो दोनों थिरकने लगीं। फिर क्या था? हम सब भी अपनी जग़ह से उठ खड़े हुए और नाचने लगे। दुबे सर नाचे तो नहीं लेकिन दूर खड़े होकर वो भी आनंद ले रहे थे। पता ही नहीं चला कि कैसे वो समय निकल गया। इतनी मस्ती के बाद हम सब बहुत थक

गए थे। इसलिए जल्दी से हम खाना खाकर बस में चढ़ गए। बस चित्रकोट के लिए रवाना हो चुकी थी।

~

चित्रकोट जलप्रपात। भारत के नियाग्रा फ़ाल्स के नाम से मशहूर यह जगह भिलाई से लगभग 300 किलोमीटर दूर बस्तर ज़िले में स्थित है। यह भारत का सबसे चौड़ा जलप्रपात है। इंद्रावती नदी का पानी यहाँ लगभग 100 फ़ीट की ऊँचाई से नीचे गिरता है। चूँकि हम अगस्त महीने में यहाँ आए थे, इसीलिए यह जलप्रपात अपने उफ़ान पर था। जब रात भर सफ़र करके हम तड़के सुबह 5 बजे यहाँ पहुँचे तो नज़ारा देखने लायक़ था। ऊपर से पानी जब नीचे गिर रहा था तो एक धुआँ-सा उठ रहा था। ऐसा लग रहा था जैसे कोई दूध की बड़ी-सी झील हो। कलकल करते पानी की आवाज़ इतनी थी कि सुबह की शांति में भी हमें थोड़ी ज़ोर से बात करनी पड़ रही थी। प्रकृति भी बड़ी अद्‌भुत चीज़ है ना! इसे जब भी इसके नैसर्गिक रूप में देखो ये आनंद का अनुभव ही कराती है। आज भी हम अपनी थकान भूलकर बस इसे निहार रहे थे।

हमारे रहने की व्यवस्था बाजू में कैंप साइट में की गई थी। जहाँ लड़कियों और लड़कों के लिए अलग-अलग टेंट्स थे। आज हमारा पूरा दिन यहीं गुज़रने वाला था। हम सभी इतनी सुबह का नज़ारा देखने के बाद टेंट में चले आए। यहाँ दो-तीन घंटों की नींद लेने के बाद वापस हम सबको मिलना था। रम्या मैम और दुबे सर ने हमारे लिए कुछ मनोरंजक खेल प्लान करके रखा था। जब नाश्ता करने के बाद सभी पहुँचे तो रम्या मैम और दुबे सर ने सबको छोटी-छोटी टीम में बाँट दिया। ऐसे में हमारा छोटा ग्रुप टूट गया और ये कोई फ़िल्म तो नहीं थी जो माहिरा मेरी टीम में आती। वो भी किसी और ग्रुप में चली गई। हमने बहुत से छोटे-छोटे खेलों में भाग लिया जैसे—रस्सी खींचना, चिट निकालकर किसी फ़िल्म का नाम अपनी टीम को बताना। दुबे सर तो बक़ायदा जीतने वाली टीम को सौ रुपए के नोट थमा रहे थे। इसलिए हर टीम जीतना चाहती थी। ये सब होते-होते शाम कैसे हो गई पता ही नहीं चला और मैं माहिरा से अकेले में बात ही नहीं कर पाया था। रात को खाने के बाद डीजे पार्टी थी। मैंने तय किया कि मैं उसी समय माहिरा से बात करूँगा, क्योंकि उस समय सब पार्टी में व्यस्त होंगे।

हम सब रात को खाना खाकर वापस टेंट में आ गए। जहाँ हमें तैयार होकर वापस पार्टी वाली जगह पर जाना था। सभी लड़के तैयार होकर जाने लगे थे। लेकिन लड़कियों को तैयार होने में समय लगता है, इसलिए कोई लड़की अभी तक बाहर नहीं आई थी। इतने में शिल्पा बाहर आई।

"तू अभी तक यहाँ क्या कर रहा है? सब लड़के तो चले गए हैं ना?" शिल्पा ने पूछा।

"हाँ वो मैं..."

"माहिरा का इंतज़ार कर रहा है ना? वो तैयार हो रही है अभी तक। तू जा अपने टेंट में बैठ चुपचाप। जब सब लड़कियाँ चली जाएँगी तो तू उसे लेने चला जाना और सुन," शिल्पा ने थोड़ा रुककर कहा, "आज उसे अपने दिल की बात बोल ही देना। इससे अच्छा मौका नहीं मिलेगा तुझे।"

शिल्पा की सलाह मानते हुए मैं अपने टेंट में बैठ गया। धीरे-धीरे सभी लड़कियाँ जाने लगीं। फिर जब मैंने माहिरा को टेंट से निकलते देखा तो उसके अलावा और कुछ दिखा ही नहीं मुझे। उसने काले रंग का सलवार-सूट पहना था। साथ में गालों को छूते लंबे झुमके और काजल लगी हुईं बड़ी आँखें उसकी ख़ूबसूरती को चार चाँद लगा रही थीं। वो थोड़ा शरमाते हुए मेरे सामने आई।

"आकाश चलना नहीं है क्या पार्टी में?" माहिरा ने पूछा।

"चलना तो है लेकिन थोड़े समय बाद चलते हैं ना?" मैं थोड़ी हिम्मत करके आगे बोला, "थोड़ा वक़्त एक-दूसरे के साथ बिताते हैं।"

"अच्छा! चलो फिर जलप्रपात के बिलकुल किनारे बैठते हैं।"

हम दोनों वहाँ लगी रेलिंग के पास जाकर बैठ गए। पार्टी से दूर यहाँ बस जलप्रपात में गिरते पानी की आवाज़ सुनाई दे रही थी। एक और आवाज़ थी जो मेरे दिल के अंदर से आ रही थी। ऐसा लग रहा था जैसे अगर अब मैंने माहिरा को अपने दिल की बात नहीं बोली तो दिल ख़ुद ही फ़टकर बाहर निकल आएगा और माहिरा को बोल देगा कि वो अब मेरा नहीं रहा बल्कि उसका हो चुका है। ठंडी हवा पहले माहिरा के चेहरे को छूकर मेरे चेहरे से होकर जा रही थी। माहिरा भी चुप थी जैसे वो मेरे बोलने का ही इंतज़ार कर रही हो।

"माहिरा, आई लव यू।" मैंने बात की शुरुआत ही उसे प्यार का इज़हार करते हुए की।

"माहिरा जब पहली बार तुमको मैंने रिज़ल्ट वाले दिन देखा था। उसी

दिन से मैं तुम्हें पसंद करने लगा था। पहले मुझे लगा कि ये तुम्हारे प्रति बस एक खिंचाव है। लेकिन वक़्त के साथ-साथ मुझे यह एहसास हुआ कि यह केवल आकर्षण भर नहीं था, बल्कि मैं सच में तुम्हें चाहने लगा हूँ। इस कच्ची उम्र में मैं तुमसे पक्के वादे तो नहीं कर सकता लेकिन इतना तो कह सकता हूँ कि जब हमारी उम्र पक्की हो जाएगी तब भी मैं हमारा रिश्ता कच्चा नहीं होने दूँगा।''

''आकाश पता है, आज तुम्हारी बातें भी तुम्हारे नाम के अनुसार ही लग रही हैं। जिसका कोई छोर नहीं है वो आकाश। जिसकी कोई सीमा नहीं है वो आकाश। मुझे तो डर लग रहा है कि इतने विशाल आकाश में माहिरा कहीं खो न जाए।''

''नहीं माहिरा। आकाश में माहिरा कभी नहीं खो सकती, लेकिन माहिरा में आकाश ज़रूर खो चुका है।''

''आकाश अब ज़मीन पर आते हैं। और अच्छे से बातें करते हैं,'' माहिरा ने थोड़ी गंभीरता से कहा।

''हाँ बोलो ना। उसी का तो मैं भी इंतज़ार कर रहा हूँ।''

''देखो आकाश तुम मेरे सबसे अच्छे दोस्त हो। जिस दिन तुम स्कूल नहीं आते उस दिन मेरा दिन नहीं कटता है। तुम्हारे साथ रहना मुझे अच्छा लगता है। मुझे नहीं पता कि इसे ही प्यार कहते हैं या नहीं। लेकिन ये जो भी हो रहा है वो मेरे लिए एक सपने जैसा है। और अगर इस सपने को ही प्यार कहते हैं तो हाँ आकाश आई लव यू टू।''

इसके बाद हम शायद किसी और ही दुनिया में जा चुके थे। जहाँ न जलप्रपात से आती हुई पानी की आवाज़ थी और न ही डीजे का शोर था। बस हमारी धड़कनें साथ-साथ धड़क रही थीं। माहिरा अपने आकाश की गोद में सर रखकर ऊपर के आकाश के तारों को निहारने लगी थी। मैं भी उसके बालों को सहलाते हुए अपने चाँद को देख रहा था। वो रात न हम उस पार्टी में गए और न ही किसी ने हमसे कुछ पूछा। जब वापस जाने का वक़्त हुआ तो मैं और माहिरा बस में साथ में ही बैठे और सारी रात एक-दूसरे का हाथ पकड़े कब हम स्कूल वापस पहुँच गए थे पता ही नहीं चला। और मेरा सफ़र दोस्ती के स्टेशन को काफ़ी पीछे छोड़कर प्यार वाले स्टेशन पर पहुँच चुका था।

क्रिकेट का त्योहार

"अबे आकाश अब तो तुम आशिक़ हो गए हो। तब ये क्रिकेट खेलना छोड़ तो नहीं दोगे ना?" योगेश ने मज़ाकिया ढंग से पूछा।

"क्या बात करते हो। माहिरा अपनी जगह है और क्रिकेट अपनी जगह। और आज से तो पहली बार टी-20 वर्ल्ड कप भी चालू होने वाला है ना।"

"हाँ, और हमारी टीम के त्रिमूर्ति नहीं हैं उस टीम में। अब बताओ दादा, द्रविड़ और सचिन ही टीम में नहीं होंगे तो क्या ख़ाक जीतेंगे वर्ल्ड कप," योगेश ने खीझते हुए कहा।

"देखते हैं। क्या पता धोनी नए खिलाड़ियों के साथ वर्ल्ड कप जिता जाए! वैसे साथ-ही-साथ हमारा इंटरस्कूल क्रिकेट टूर्नामेंट भी तो आ रहा है।"

"हाँ बे, ये तो साला हम भूल ही गए थे। इस बार इतनी अच्छी बॉलिंग करेंगे कि सेलेक्टर्स को हमें अंडर-19 टीम में सेलेक्ट करना ही पड़ेगा।"

"हाँ मुझे भी यही लगता है। लेकिन तुम अंडर-19 टीम में सेलेक्ट होने के बाद भी ट्वैल्थ के एग्ज़ाम देना।"

"ठीक है बे। पहले हमें सेलेक्ट तो होने दो।"

हमारी पिकनिक ख़त्म होने के बाद लगभग सभी को पता चल चुका था कि मैं और माहिरा प्रेमी कबूतर बन चुके हैं। इसलिए अब क्रिकेट के साथ माहिरा की बातें भी होती थीं। आज भी हम अनूप भैया की टपरी पर चाय की चुस्कियाँ लेते हुए क्रिकेट की बातें कर रहे थे।

तभी अनूप भैया ग़र्म समोसे लेकर आए और हमें देते हुए बोले, "ऐ बार बहुते बढ़िया मौका है टूरनामेंट जितबे ख़ातिर।"

"क्यों भैया," मैंने उत्सुकता से पूछा।

"टेनिस बॉलवा से सब लरका मन बढ़िया खेलत हैं। लेकिन इ टूरनामेंट लाल बॉलवा से होवत है। अइसन में बहुत टीम के लरका अच्छा नहीं खेलहिं फेर हमार योगेशवा त लाल बॉलवा के मास्टर है।"

''वो बात तो है भैया। हम इस बार पूरी तरह तैयार हैं बैट्समैन की गिल्लियाँ उखाड़ने को,'' योगेश ने आत्मविश्वास से कहा।

''हाँ, लेकिन बाकी लोगों को लाल बॉल से खेलने की आदत नहीं है। इसीलिए तुम्हें हम सबको अच्छे से सिखाना होगा।''

''अबे तुम चिंता मत करो उसकी। अभी टूर्नामेंट में एक महीना है और बाकी की टीम में भी सभी लड़के हमारे जैसे ही हैं जो टूर्नामेंट आने के पहले ही लाल बॉल से खेलना शुरू करते हैं।''

इतने में कमलेश दौड़कर आया और हाँफ़ते हुए बोला, ''मैं एक ख़बर लाया हूँ।''

''बोल बे हमारे ख़बरीलाल। क्या नई ख़बर लाया है,'' योगेश ने उसे छेड़ते हुए पूछा।

''वो जो टीम ने हमें हराया था ना, वो भी उनके स्कूल की टीम की तरफ़ से इस टूर्नामेंट में हिस्सा ले रही है।''

''साला क्या सही ख़बर लाया है बे तू? अब देखना उनको हम कैसे धूल चटाएँगे,'' योगेश ने सीना चौड़ा करते हुए कहा।

''हाँ हम आज से ही कोचिंग के बाद प्रैक्टिस चालू कर देंगे,'' मैंने कहा।

''लेकिन हम सब तो माहिरा के घर पढ़ाई करने जाते हैं ना, कोचिंग के बाद?'' कमलेश ने अपनी पढ़ाई की चिंता दिखाई।

''अबे मर नहीं जाओगे तुम। एक महीना पढ़ाई नहीं करोगे तो!'' योगेश गुस्सा होते हुए बोला।

''ठीक है। चलो मैं नहीं जाऊँगा लेकिन शिल्पा और माहिरा को कैसे मनाएँगे?'' कमलेश ने पूछा।

''वो तुम आकाश पर छोड़ दो। एक उसकी बेस्टफ्रेंड है तो दूसरी प्यार। वो आसानी से मना लेगा दोनों को। क्यों आकाश? मना लोगे ना?''

''आसानी से तो नहीं लेकिन मना लूँगा,'' मैंने मुस्कुराते हुए कहा।

इसके बाद हमारी आज की सभा समाप्त हुई और हम स्कूल की ओर बढ़ चले। आज शिल्पा स्कूल नहीं आई थी। इसीलिए मैंने पहले माहिरा को ये बात बताने की सोची। अब हम क्लास में भी आजू-बाजू के बैंच पर बैठने लगे थे, इसलिए हम चलती क्लास में भी फुसफुसाते हुए बातें कर ही लेते थे। आज भी मैं माहिरा से चौधरी सर की क्लास में धीरे-धीरे बातें कर रहा था। मैंने उसे

हमारे ग्रुप स्टडी में न आने की बात बताई।

''क्या...'' माहिरा गलती से चीख़ पड़ी। और होना क्या था? चौधरी सर के साथ-साथ पूरी क्लास हमें देख रही थी। चौधरी सर ग़ुस्से से लाल-पीले हो चुके थे। उनका पूरा शरीर ग़ुस्से से काँप रहा था। मैं और माहिरा भी डर के कारण उनके बिना बोले ही खड़े हो गए।

''समझ क्या रखा है आप लोगों ने मुझे? क्या ये कोई चिड़ियाघर है जो आप लोग चिड़ियों के जैसे चूँ -चूँ किये जा रहे हो। पिछले दो दिनों से मैं नाटक देख रहा हूँ। लेकिन आज तो आप लोगों ने हद ही कर दी। माहिरा आप क्लास के बाहर चली जाइए और आकाश तुम यहाँ आओ,'' चौधरी सर तमतमाते हुए बोले।

माहिरा जैसे ही बाहर निकली चौधरी सर मेरे गाल पर अपनी रसीद काट चुके थे और उसकी गूँज से पूरी क्लास सहम गई थी। अब पूरी क्लास को चौधरी सर के 'रसीद देंगे' वाले डायलॉग पर भरोसा हो गया था। ख़ैर उन्होंने मुझे भी क्लास से बाहर निकाल दिया था। जैसे ही मैं क्लास से बाहर निकला मैंने देखा कि माहिरा की आँखें डबडबाई हुई हैं और वो मेरी तरफ़ न देखकर ज़मीन की ओर देखते हुए सर झुका कर खड़ी है। जब उसकी आँखों से आँसू की एक बूँद ज़मीन पर गिरी तो मेरे सब्र का बाँध टूट गया। मैंने धीरे से अपना हाथ उसके गालों पर रख उसके चेहरे को अपनी तरफ़ किया। ऐसा करते ही उसने मुझे ज़ोर से गले लगा लिया और सिसकियाँ लेने लगी। मैं उसके दिल की तेज़ी से चलती धड़कनों को महसूस कर सकता था। उस समय लगा कि चौधरी सर भी कमाल कर गए। जहाँ पिकनिक से आने के इतने दिनों बाद भी हम शायद ही एक-दूसरे का हाथ पकड़ते थे वहीं आज हम स्कूल में एक-दूसरे से गले मिल रहे थे। जब मेरे थोड़ा चुप कराने के बाद माहिरा ने मेरे गाल में चौधरी सर के दिए हुए निशान को अपने हाथों से सहलाया तो लगा कि चौधरी सर ने कोई वरदान दे दिया है। आज हम दोनों के साथ-साथ पूरी क्लास भी शांत थी और आज का पूरा दिन स्कूल में बिना शोर-शराबे के ही बीता।

जब हम कोचिंग पहुँचे तो हमने शिल्पा को सारी बात बताई। वो थोड़ा ग़ुस्सा होते हुए बोली, ''साला जब भी मैं स्कूल नहीं आती हूँ तू कुछ-न-कुछ गड़बड़ कर ही देता है। पिछली बार तुझे जोशी सर ने कमलेश का टिफ़िन खाते हुए पकड़ लिया था।''

''नहीं शिल्पा, गलती आकाश की नहीं है। वो तो मैं ही ज़ोर से चिल्ला

पड़ी,'' माहिरा ने मेरा बचाव करते हुए कहा।

''वो तो ठीक है माहिरा लेकिन ये ट्वैल्थ बोर्ड की परीक्षाएँ भी हैं और अगर ये लोग ऐसे ही एक महीने तक ग्रुप स्टडी में नहीं आएँगे तो ये सब बहुत पीछे रह जाएँगे। आकाश और कमलेश तो कैसे भी पढ़ लेंगे और योगेश तो वैसे भी ग्रुप स्टडी में आता नहीं है, लेकिन खिलेश और राकेश का क्या होगा? वो बहुत पीछे रह जाएँगे ना?'' शिल्पा ने अपनी चिंता ज़ाहिर की।

''एक काम करेंगे ना? मेरे पास एक आइडिया है,'' मैंने कहा।

''अब क्या आइडिया है?'' शिल्पा ने पूछा।

''तुम लोग हमें शनिवार को आधा दिन और रविवार को पूरा दिन पढ़ा देना। ऐसे में पूरे सप्ताह की पढ़ाई कर सकते हैं हम,'' मैंने अपनी बात रखी।

''हाँ लेकिन माहिरा का घर कोई धर्मशाला थोड़ी ना है कि हम दिन भर उसके घर ही डेरा जमा कर बैठ जाएँ,'' शिल्पा ने तार्किक बात की।

''नहीं-नहीं। मुझे कोई दिक़्क़त नहीं है। तुम लोग मेरे घर जितना समय चाहे उतना समय रुक सकते हो। बस रविवार को कुछ बच्चे आते हैं पापा से पढ़ने के लिए। लेकिन वो मैं सँभाल लूँगी,'' माहिरा ने कहा।

''तो फिर ठीक है। वैसा ही कर लेंगे,'' शिल्पा आख़िरकार मान ही गई।

''वैसे आज तुम लोग इंडिया और पाकिस्तान का मैच देखने योगेश के यहाँ आ रहे हो ना?'' मैंने उत्सुकतावश दोनों से पूछा।

''घर में पापा नहीं हैं इसलिए मैं तो नहीं आ पाऊँगी आकाश,'' माहिरा ने थोड़ा उदास होकर कहा।

''और शिल्पा तू?''

''हाँ मैं आऊँगी ना। अपने ग्रुप के साथ मैच देखने का मज़ा ही कुछ और होता है,'' शिल्पा ने कहा।

इसके बाद हम कोचिंग क्लास के लिए चल पड़े। लेकिन आज की इस छोटी-सी बात से इतना तो तय हो गया था कि शिल्पा की प्राथमिकता जहाँ हमारे पूरे ग्रुप में थी तो माहिरा को ज़्यादातर मेरा ही साथ पसंद था। ख़ैर कोचिंग के बाद हम जल्दी अपने घर चले गए ताकि समय पर योगेश के घर पहुँच सकें।

''अबे ये गंभीर को देखो कैसे गधों की तरह आउट हो गया,'' योगेश ने चिल्लाते हुए कहा।

''अरे ये क्या सहवाग भी निपट गया। लगता है मोहम्मद आसिफ़ इंडिया

को मैच हरा कर ही मानेगा,'' खिलेश ने झल्लाते हुए कहा।

हम सभी योगेश के घर पर मैच देखने के लिए बैठे थे, लेकिन इंडिया की शुरुआत की बैटिंग ने सबका मूड ख़राब कर दिया था।

''अबे चिंता मत करो क्योंकि युवराज पाजी अभी हैं, वो पक्का इंडिया को अच्छे स्कोर की तरफ़ ले जाएँगे,'' राकेश ने कहा।

''ये लो तुम्हारा पसंदीदा युवराज सिंह भी आउट हो गया। मैं तो घर जा रहा हूँ। इंडिया वैसे भी हार जाएगी,'' कमलेश ने धीरे से बोला।

''अबे तुम पनौती मत बनो। चुपचाप बैठो और शांति से मैच देखो,'' योगेश ने कहा।

वैसे मैं इंडिया की हार से ज़्यादा योगेश की चिंता कर रहा था, क्योंकि इंडिया के अच्छा खेलने पर उसका मनोबल अपने आप ही बढ़ जाता था। इंडिया के 50 ओवर के वर्ल्ड कप हारने के बाद से योगेश की क्रिकेट ट्रेनिंग भी थोड़ी ढीली पड़ गई थी। इसलिए हमारे क्रिकेट टूर्नामेंट के ठीक पहले मैं नहीं चाहता था कि इंडिया के हारने के कारण योगेश का आत्मविश्वास कम हो और वो टूर्नामेंट में कमज़ोर तरीके से खेले। देखते-ही-देखते इंडिया की बैटिंग ख़त्म हो चुकी थी और इंडिया ने 141 रन का मामूली-सा लक्ष्य दिया था।

हमें उम्मीद थी कि पाकिस्तान इस मैच को एकतरफ़ा बना देगा, लेकिन सभी बॉलर्स की सधी हुई बॉलिंग के चलते मैच टाई हो चुका था। टी-20 वर्ल्ड कप का पहला मैच और वो भी इंडिया और पाकिस्तान। उसके ऊपर से मैच का टाई होना अलग ही रोमांचित कर रहा था। बॉल आउट में बिना बैट्समैन के विकेट को निशाना लगाना था जो इंडिया ने भली-भाँति किया और इंडिया मैच जीत गया।

इंडिया के वर्ल्ड कप जीतने का परिणाम यह हुआ कि हम सब अगले ही दिन से क्रिकेट की जी-तोड़ प्रैक्टिस में लग गए। योगेश हमें क्रिकेट की बारीकियाँ सिखाता तो राकेश क्रिकेट की किट मुहैया करवाता। माहिरा और शिल्पा भी शनिवार और रविवार को हमें पूरे सप्ताह की पढ़ाई कराती थीं। टूर्नामेंट में देखते-ही-देखते हम सेमीफ़ाइनल में पहुँच चुके थे जहाँ हमारा मुकाबला उसी टीम से था जिसने हमें बुरी तरह हराया था, लेकिन इसी बीच इंडिया भी टी-20 वर्ल्ड कप फ़ाइनल में पहुँच चुका था और फिर से इंडिया का मुकाबला पाकिस्तान से होना था।

24 सितम्बर 2007—वर्ल्ड कप फ़ाइनल

मेरे घर के सामने वाले मैदान पर आज भारी भीड़ लगी थी। इंडिया और पाकिस्तान के मैच का लाइव टेलीकास्ट यहाँ एक परदे की मदद से किया जा रहा था। भीड़ इतनी हो गई थी कि ठेलेवालों ने अपना ठेला आज यहीं लगा लिया था। कुल मिलाकर एक छोटे-मोटे मेले वाला माहौल तैयार हो गया था। आज हम लोग भी हमारे टूर्नामेंट के सेमीफ़ाइनल की चिंता छोड़ यहाँ मैच देखने आए थे। माहिरा भी आज हमारे साथ थी इसलिए मैं थोड़ा ज़्यादा ही ख़ुश था।

आज भी इंडिया की पहले बैटिंग आई थी। लेकिन आज गंभीर चल निकला। उसने ताबड़तोड़ 75 रन ठोक डाले थे। इसके बावजूद आज भी इंडिया ज़्यादा रन नहीं बना पाई। लेकिन इतने रन तो थे कि पाकिस्तान को अच्छी-ख़ासी चुनौती दी जा सकती थी।

"अबे ये श्रीसंत क्या खाकर आया है? बस रन दिए जा रहा है," राकेश ने झल्लाहट से कहा।

"हाँ वो बुड़बक हमेशा ऐसा करता है। लेकिन इरफ़ान पठान सही से बॉलिंग कर रहा है। हम जीतने वाले हैं," योगेश ने पूरी उम्मीद से कहा।

देखते-ही-देखते मैच बहुत रोमांचक मोड़ पर आ गया था। मैच अपने आख़िरी ओवर में था। पाकिस्तान को जीत के लिए एक ओवर में 13 रन की ज़रूरत थी और इंडिया को जीतने के लिए बस एक विकेट।

एक तरफ़ मिस्बा-उल-हक़ पूरी तरह से क्रीज़ पर जमा हुआ था तो दूसरी तरफ़ धोनी ने जोगिन्दर शर्मा जैसे नए बॉलर को बॉल थमा दी थी। जब उसने पहली बॉल वाइड फेंकी और फिर छक्का खा गया तो लगा कि हम मैच हारने ही वाले हैं। पूरे मैदान में सन्नाटा पसरा था और सब इंडिया की जीत के लिए प्रार्थना कर रहे थे। 4 बॉलों में बस 6 रन चाहिए थे। जोगिन्दर शर्मा ने बॉल फेंकी और मिस्बा-उल-हक़ ने घूमकर पीछे की ओर शॉट खेला। बॉल हवा में थी। साँसें कुछ पलों के लिए अटक-सी गई थीं लेकिन जब रवि शास्त्री ने कहा, "इन दी एयर एंड श्रीसंत टेक्स इट। इंडिया वॉन द मैच।"

इतिहास रचा जा चुका था। इंडिया टी-20 का पहला वर्ल्ड कप जीत गया था। हम सब पागलों के जैसे नाच रहे थे। किसी को कुछ ख़बर नहीं थी कि क्या हो रहा है। अनूप भैया कहीं से तिरंगा झंडा और ढोल भी खोजकर ले आये थे।

ठेलेवाले भैया अपनी जलेबियाँ मुफ़्त में सबको बाँट रहे थे। किसी ने सच ही कहा है कि भारत में क्रिकेट एक धर्म है और उसका जीतना एक त्यौहार। जिसमें सभी धर्मों के लोग साथ मिलकर एक त्यौहार को मनाते हैं। आज के दिन हम हमारे सेमीफ़ाइनल को भूलकर बस उसी पल को जी रहे थे।

28 सितम्बर 2007—हमारा सेमीफ़ाइनल

"योगेश मुझे डर लग रहा है?" कमलेश ने धीरे से कहा।

"किस बात का डर बे?" योगेश ने थोड़ी सख़्त आवाज़ में पूछा।

"पिछली बार उस टीम के एक हट्टे-कट्टे लड़के ने मेरी बॉलिंग में बहुत चौके-छक्के मारे थे," कमलेश ने संकोच से कहा।

"अबे तुम ख़ामख़ा डर रहे हो। उस समय खिलेश और राकेश भी नहीं थे और हम भी कुछ खास अच्छे फ़ॉर्म में नहीं थे। आज देखना हम कैसे इन लोगों की चटनी बनाते हैं।"

"लेकिन वो दूर से मुझे ताना मारते हुए बोल रहे थे कि देखना आज इस चश्मिश को कैसे धोते हैं हम।"

"अरे कमलेश वो तुझे परेशान कर रहे थे ताकि तू मैच खेलने से पहले ही डिस्टर्ब हो जाए," मैंने उसे समझाते हुए कहा।

"हाँ कमलेश। तू परेशान मत हो। तू बस देखना मैच में इनको मैं कैसे परेशान करता हूँ। तू अपनी गुगली सही से डालना," खिलेश ने उसे आत्मविश्वास दिलाते हुए कहा।

आज हम सेमीफ़ाइनल खेलने के लिए उनके स्कूल आये थे। ये इनका होम ग्राउंड था इसीलिए इनको सपोर्ट करने के लिए इनका पूरा स्कूल था लेकिन हमारे साथ सिर्फ़ शिल्पा, माहिरा और हमारे स्पोर्ट्स वाले पांडे सर। पांडे सर ने हमें बुलाया और बोले, "बेटा आज का मैच तुम सेमीफ़ाइनल की तरह नहीं फ़ाइनल के जैसे खेलो क्योंकि फ़ाइनल हमारे स्कूल में है और दूसरी टीम जो फ़ाइनल में पहुँची है वो हमसे वैसे भी कमज़ोर है तो आज बस जान लगा दो तुम लोग। योगेश वैसे आज तुम्हारे क्रिकेट कोच भी किसी रणजी प्लेयर के साथ मैच देखने आ रहे हैं, इसलिए तुम दबाव में मत आना। बस अपना स्वाभाविक खेल खेलना।"

दोनों टीम के कप्तान को टॉस के लिए मैदान में बुलाया गया। मैं और

दूसरी टीम का कप्तान टॉस के लिए पहुँच गए थे। विपक्षी टीम के कप्तान ने टॉस जीतकर बॉलिंग करने का फ़ैसला लिया। मनोवैज्ञानिक तौर पर ये हमारी पहली हार थी, क्योंकि बाद में बैटिंग करना इस मैदान पर आसान था।

मैं और खिलेश ओपनिंग करने के लिए उतरे। मैदान में जाने से पहले माहिरा ने मुझे आकर 'ऑल द बेस्ट' बोला और मैं दुगने उत्साह के साथ पिच पर पहुँचा। चूँकि मैच 20 ओवर्स का था, हमने शुरुआत के 3-4 ओवर सँभाल कर खेलने का सोचा। लेकिन खिलेश पहली ही बॉल पर आउट होते-होते बचा। एक फ़ील्डर ने एक मुश्किल कैच छोड़ दिया था।

''खिलेश आराम से खेल। थोड़ा बॉल को पुरानी होने दे,'' मैंने उसके पास जाकर कहा।

''यार आकाश। ये मेरा दिन है। बॉल बहुत सही पेस से आ रही है। अगर बैट में लगी तो डायरेक्ट सिक्स जायेगा।''

खिलेश की बात सही थी। क्योंकि बॉल नई थी और पिच भी सख़्त थी तो बॉल बिलकुल खिलेश के सीने तक आ रही थी। यह खिलेश के लिए सुनहरा मौका था, क्योंकि बाउंसर खेलने में वो मास्टर था। अगली बॉल बॉलर ने फिर बाउंसर डाली लेकिन जितनी तेज़ी से बॉल खिलेश की तरफ़ आई उसके दुगुनी तेज़ी से बॉल स्कूल की छत में गई।

''बेटा,धोना इसे कहते हैं,'' खिलेश ने बॉलर को चिल्लाकर कहा।

ओवर की आख़िरी बॉल पर खिलेश ने फिर फ़ुलटॉस बॉल को आगे की तरफ़ सिक्स मारा। देखते-ही-देखते हमने 3 ओवर में ही 42 रन ठोक डाले थे। जिसमें ज़्यादातर योगदान खिलेश का ही था। मैं तो बस सिंगल निकाल कर उसे स्ट्राइक दे रहा था। चौथे ओवर में खिलेश फिर से सिक्स मारने के लिए क्रीज़ से आगे निकला लेकिन बॉलर की स्पिन करती बॉल उसे चकमा दे गई और वो बोल्ड हो गया। ऐसे में राकेश बैटिंग के लिए आया। वो भी 2 ओवर बाद ही आउट हो गया।

अब हमें एक टिकाऊ बैट्समैन की ज़रूरत थी। ऐसे में नवदीप बैटिंग के लिए आया। वो बिलकुल जोंक की तरह पिच पर जम गया। लेकिन साथ-ही-साथ हमारे रन बनाने की रफ़्तार कम हो गई थी। 8 ओवर्स में हमने बस 55 रन बनाये थे। मतलब आख़िरी के 5 ओवर्स में बस 13 रन।

“पाजी तुस्सी थोड़ा गियर चेंज करो ना!” मैंने नवदीप को थोड़ा तेज़ खेलने को बोला।

मुझे मालूम था कि नवदीप ज़्यादा तेज़ नहीं खेल पायेगा, इसलिए मैंने ही गियर चेंज करने का सोचा।

ख़तरनाक बॉलर्स के ओवर निकल चुके थे। इसलिए मैं निश्चिन्त था कि रन रेट बढ़ाया जा सकता है। अगले ओवर से ही मैंने चौके मारने शुरू कर दिए हालाँकि मैं खिलेश के जैसे लम्बे छक्के नहीं मार रहा था, लेकिन फिर भी स्कोर 13 ओवर्स में 95 रन पहुँच गया। अगले ही ओवर में एक स्विंग करती बॉल मेरे बैट से किनारा लेकर कीपर के दस्तानों में पहुँच गई थी। मेरे आउट होने के बाद नवदीप भी आउट हो गया। हम वापस मुसीबत में थे। ऐसे में कमलेश ने हमारी टीम के एक और बैट्समैन के साथ मिलकर स्कोर को धीरे-धीरे ही सही आगे बढ़ाया। लेकिन 18 वें ओवर तक आते-आते वो दोनों भी आउट हो चुके थे। अब बस बॉलर्स ही बचे थे। वैसे तो बैटिंग में योगेश से कुछ खास उम्मीद नहीं थी, लेकिन आज योगेश ने आख़िरी ओवर में 2 सिक्स मारकर टीम का स्कोर 132 रन तक पहुँचा दिया।

अब हमारे बॉलर्स को अपना कारनामा दिखाना था। मुझे योगेश की फ़ास्ट बॉलिंग पर पूरा भरोसा था लेकिन कमलेश थोड़ा नर्वस हो रहा था। ऊपर से वहाँ के बाकी स्टूडेंट्स अपनी टीम के लिए ज़ोरदार हूटिंग कर रहे थे। मैंने पहला ओवर योगेश को दिया। पहली ही बॉल उसने वाइड फेंकी। साथ-ही-साथ बैट्समैन 2 रन भी भाग गए। पूरे ओवर में योगेश अपनी लय हासिल करने की कोशिश करता रहा।

“अबे हमको दूसरी साइड से बॉलिंग करनी होगी। इसलिए अब हमको चौथा ओवर देना,” योगेश ने मेरे पास आकर कहा।

पहले ओवर में 8 रन बने थे लेकिन दूसरे और तीसरे ओवर में उन्होंने हमारे बॉलर्स को बुरी तरह मारा। 3 ओवर बाद ही उनका स्कोर भी 42 रन हो चुका था। ऐसे में योगेश वापस आया बॉलिंग के लिए। दरअसल योगेश ने बैटिंग करने के समय पिच में एक जगह ऐसी देखी थी जहाँ पिच थोड़ी उखड़ चुकी थी और बॉल वहाँ से ज़्यादा बाउंस नहीं ले रही थी। योगेश ने ठीक उसी जगह पर बॉल फेंकी और बॉल भी बैट्समैन को चकमा देती हुई उसके बैट के नीचे से होती हुई गिल्लियाँ बिखेर चुकी थी।

हमारी पूरी टीम के लिए यह राहत की बात थी, लेकिन अब बैटिंग करने उनकी टीम का सबसे अच्छा बैट्समैन राहुल आया था। हमें उसे जल्दी-से-जल्दी आउट करना था। ख़ैर ओवर की आख़िरी बॉल पर उनका दूसरा बैट्समैन भी स्लिप में कैच थमा बैठा। अब हम मैच में वापस आ गए थे। हमें कुछ ओवर्स तक रनों पर लगाम लगाने की ज़रूरत थी और बाक़ी आख़िर के 2 ओवर योगेश के बचे ही थे। आगे के चार-पाँच ओवर्स बिलकुल सामान्य निकले। न उन्होंने कोई जोख़िम लिया और न हम लोगों ने ज़्यादा रन दिए। फिर भी 10 ओवर्स में उनके 82 रन बन चुके थे। जीत के लिए उन्हें 10 ओवर्स में बस 50 रन चाहिए थे। हमारी जीत मुश्किल नज़र आ रही थी। मैंने कमलेश को बॉलिंग के लिए बुलाया। उसके आते ही सब लोग चश्मिश-चश्मिश चिल्लाने लगे। कमलेश सहम गया था।

"कमलेश याद कर जोशी सर ने क्या बोला था?" मैंने उससे पूछा।

"मुझे कुछ याद नहीं आ रहा भाई। इन लोगों से डर लग रहा है मुझे।"

"जोशी सर ने बोला था कि जीवन में भी मुश्किलें और कठिनाइयाँ प्रिज़्म के जैसे आएँगी जो हमें हमारे रास्ते से विचलित करने का प्रयास करेंगी। लेकिन यह हमारे ऊपर है कि हम कितना विचलित होते हैं। तुझे लाल रंग की तरह बनना है। बैंगनी रंग नहीं," मैंने उसे समझाते हुए कहा।

अब कमलेश थोड़ा शांत हो गया और बॉलिंग करने लगा। शाम होने लगी थी और हवा तेज़ चल रही थी। कमलेश की ज़्यादातर बॉल स्पिन होती थीं और बैट्समैन भी उस स्पिन को पढ़कर रन चुरा रहे थे। ओवर की पाँचवीं बॉल पर हवा का एक तेज़ झोंका आया और बॉल सीधी रह गई। बैट्समैन बिलकुल विकेटों के सामने खड़ा था और हमने एक ज़ोरदार अपील की। अंपायर ने बिना समय लिए अपनी उँगली उठा दी और हम सबने ख़ुशी के मारे कमलेश को उठा लिया।

राहुल आउट हो गया था। अब हमें बस मैच को आख़िर के 4 ओवर तक ले जाना था। जिसमें योगेश और प्रदीप दो-दो ओवर्स डालने वाले थे। हमारी उम्मीद के मुताबिक ही मैच चल रहा था। चार ओवर्स में उन्हें 20 रन चाहिए थे। 17वें ओवर में प्रदीप ने एक और विकेट निकाल कर मैच को हमारे पाले में ला दिया था। जब 18वें ओवर में योगेश की बॉलिंग की बारी आई तो एक बैट्समैन उसके पास जाकर बोला, "देख ले अगर ठीक से बॉल नहीं डाली तो अंडर-19 में तेरा पत्ता कट जायेगा।"

इस बात से योगेश थोड़ा दबाव में आ गया। उसने रन तो ज़्यादा नहीं दिए लेकिन विकेट भी नहीं निकाल पाया। जिसकी सबसे ज़्यादा ज़रूरत थी। प्रदीप ने फिर एक किफ़ायती ओवर डाला। अब मैच आख़िरी ओवर में पहुँच गया था। उन्हें जीतने को 8 रन चाहिए थे और हमें 3 विकेट निकालने थे।

''योगेश तेरे पास हारने को कुछ नहीं है। सालों का हेलमेट तोड़ दे अपने बाउंसर से,'' खिलेश ने तमतमाते हुए कहा।

इतने ओवर होने के बाद पिच लगभग ख़राब-सी हो गई थी लेकिन योगेश ने एक ख़तरनाक बाउंसर डाला। जो बैट्समैन के हेलमेट को छूकर निकल गई। खिलेश ज़ोर से चिल्लाया, ''अगली बॉल पर हेलमेट टूट जाना चाहिए।''

अब बैट्समैन के मन में डर था कि अगली बॉल भी बाउंसर ही आएगी। उसके इसी डर का फ़ायदा योगेश ने उठाया और तेज़ यॉर्कर फेंका। उसका स्टंप उखड़ चुका था। अब तो बॉलर्स ही बचे थे। मैंने ज़्यादातर लड़कों को बैट्समैन के पास फ़ील्डिंग करने के लिए लगाया। योगेश ने वापस बाउंसर डाला। बॉल बैट के ऊपरी भाग में लगी और कमलेश ने कैच लपक लिया। अब बस आख़िरी बैट्समैन को आउट करना था। हमें लगा कि अगली बॉल पर योगेश हैट्रिक ले लेगा लेकिन अगली बॉल तो हवाई यात्रा करते हुए मैदान के बाहर थी।

अब 3 बॉल पर सिर्फ़ 2 रन चाहिए थे। अगर एक रन भी बन जाता तो मैच टाई हो जाता। योगेश भी थोड़ा नर्वस हो रहा था। अगली बॉल योगेश के हाथ से फिसल गई और फ़ुलटॉस हो गई। बैट्समैन ने पूरी ताकत से बैट घुमाया और बॉल हवा में ही बॉउंड्री लाइन की तरफ़ जा रही थी। इतने में खिलेश ने एक लम्बी छलाँग मारी और बॉल को ऐसे पकड़ा जैसे वो वही लड़की थी जो उसे छोड़कर चली गई थी।

हम मैच जीत चुके थे। हम सब को अभी भी खिलेश के कैच पर यकीन नहीं हो रहा था। सभी खिलेश के पास भागते हुए गए और उसे कंधों पर उठा लिया। हमारा बदला पूरा हो चुका था और हम फ़ाइनल में पहुँच गए थे। इस मैच में योगेश को मैन ऑफ़ द मैच दिया गया। साथ-ही-साथ उसके कोच ने उसे अंडर-19 टीम में सेलेक्ट कराने का भरोसा दे दिया। अब रही बात फ़ाइनल की तो वो हमने आसानी से जीत ही लिया। हमारे लिए सबसे बड़ी बात थी कि योगेश का सपना पूरा होने जा रहा था।

त्योहारों की बहार

"आकाश कुछ ही महीनों में हमारे एग्ज़ाम आ रहे हैं ना!"

"हाँ यार। पिकनिक भी हो गई और टूर्नामेंट भी जीत लिया। अब हमें अच्छे से पढ़ाई करनी होगी।"

"तुम्हें पढ़ाई की पड़ी है और मैं हमारी बात कर रही थी। पता है एग्ज़ाम के बाद हमें पता नहीं कौन-सा कॉलेज मिलेगा और हम साथ रहेंगे भी कि नहीं!"

मैं और माहिरा भिलाई के किसी पार्क में थे। माहिरा मेरी गोद में लेटी थी और मैं उसके बालों को सहला रहा था। लेकिन इस बातचीत के बाद वह उठकर बैठ गई और उसकी आँखें भर आई थीं।

"माहिरा यार, हम साथ में एक ही शहर के उसी कॉलेज में एडमिशन लेंगे ना? तुम इतना क्यों सोच रही हो?"

"इतना आसान भी नहीं है यह आकाश। कॉलेज में एडमिशन एन्ट्रेन्स एग्ज़ाम के नंबरों के आधार पर होगा। अगर हमारे नंबरों में एक नंबर भी आगे पीछे हुआ तो हमें अलग-अलग कॉलेज मिलेगा," माहिरा ने थोड़ा परेशान होते हुए कहा।

"अरे तो कम-से-कम हम कॉउंसिलिंग के समय एक ही शहर, कॉलेज तो डाल ही सकते हैं। वैसे तुम्हें अपनी पढ़ाई कहाँ करने का मन है?"

"पापा बोल रहे थे कि इंदौर में काफ़ी अच्छे कॉलेज हैं लेकिन मैंने ऐसा कुछ सोचा नहीं है। वैसे तुमको पता है ईद आने वाली है। उस दिन तुम लोगों को मेरे घर आना होगा," माहिरा ने कहा।

"हाँ हम तो आएँगे ही। वैसे नवरात्र भी आने वाले हैं तो हम सब लोग डोंगरगढ़ में बम्लेश्वरी माता के दर्शन करने जाते हैं। बहुत मज़ा आता है रात को पहाड़ी चढ़ने में," मैंने उसे उत्सुकता से बताया।

"हाँ, मैंने भी सुना है। मेरा भी बहुत मन है वहाँ जाने का।"

"तो तुम भी चलना ना हमारे साथ? घरवाले मना करेंगे क्या?"

"वो मैं रात में नहीं चल सकती आकाश। वरना पापा तो ख़ुद जगराते में गए थे पिछली बार।"

"फिर नवरात्र के पहले दिन तुम मेरे साथ दिन में चलो? वैसे भी नवरात्र के पहले दिन ज़्यादा भीड़ नहीं होगी।"

"वैसे कब शुरू होंगे नवरात्र?"

"12 अक्टूबर से शुरू होंगे।"

"वाह और पता है 13 अक्टूबर को ईद भी है।"

"तब तो सही है। तुम मेरे साथ 12 की सुबह माता के मन्दिर चलना और 13 को हम सब तुम्हारे यहाँ ईद की सेवइयाँ खाने आएँगे," मैंने खुश होते हुए कहा।

"हाँ ठीक है। लेकिन आकाश तुम तो हमेशा तुम्हारे दोस्तों के साथ ही जाते हो ना और वो भी रात को? फिर मैं कैसे चल सकती हूँ।"

"देखो उनके साथ तो मैं बचपन से जा रहा हूँ। इसलिए इस बार तुम्हारे साथ चलूँगा। बाकी हम सुबह को चलेंगे जब भीड़ भी कम होगी और दिन में तुम आराम से घर से निकल सकती हो।"

"अच्छा मतलब तुमने सब पहले से प्लान कर रखा है," माहिरा ने एक शरारती हँसी के साथ पूछा।

"जी मैम। आपके लिए यह सब पहले से प्लान कर रखा था मैंने।"

"ठीक है। मैं घर में यह तो नहीं बता सकती कि सिर्फ़ तुम्हारे साथ बाहर जा रही हूँ। इसलिए कुछ अच्छा-सा बहाना सोचना होगा।"

"बोल देना तुम शिल्पा के घर जा रही हो, क्योंकि उसके घर में कोई नहीं है। बाकी मैं शिल्पा से बात कर लूँगा।"

प्यार भी कितनी दीवानी चीज़ होती है ना! जो माहिरा अपने घर में कोई बात नहीं छुपाती थी, वो आज मेरे साथ चलने के लिए घरवालों से झूठ तक बोलने के लिए तैयार थी।

मैंने भी हमारी डोंगरगढ़ की ट्रिप के लिए सब तैयारी पूरी कर ली थी। एक ओर राकेश से उसकी बाइक और डीएसएलआर कैमरा माँग लिया था तो दूसरी ओर शिल्पा को झूठ बोलने के लिए मना लिया था। मैं पहली बार किसी लड़की

को बाइक पर बैठाने जा रहा था और वो भी भिलाई से दूर। माहिरा के बाइक की पिछली सीट पर बैठने के ख़याल से ही मेरे दिल में गुदगुदी हो रही थी।

~

12 अक्टूबर-2007

"यार माहिरा जल्दी निकलो घर से कितना समय लगा रही हो? और सुनो कुछ स्वेटर या जैकेट पहन कर आना। बाहर बहुत ठंड है। मैं चौक पर तुम्हारा इंतज़ार कर रहा हूँ।"

"हाँ बस निकल रही हूँ। 5 मिनट में पहुँचती हूँ।"

सुबह के 6 बजे थे और मैं चौक पर चाय पीता हुआ माहिरा का इंतज़ार कर रहा था। माहिरा भी तय वक़्त पर पहुँच गई। माहिरा ने लाल रंग का सूट पहना था और उसके ऊपर सफ़ेद रंग का स्वेटर। आज उसने काले रंग की बड़ी-सी बिंदी लगाई थी और दुपट्टे को घूँघट की तरह अपने सर पर डाल रखा था। मुझे लगता है अगर वो न होती तो मेरे लिए ये रंग-बिरंगी दुनिया भी बेरंग ही होती।

"आकाश...कहाँ खो जाते हो तुम?" माहिरा ने मेरे चेहरे के सामने चुटकी बजाते हुए कहा।

"कुछ नहीं माहीं। बस तुम्हें देखता रह गया था।"

"एक मिनट आकाश, क्या कहा तुमने अभी—माहीं?"

"हाँ पता नहीं बस प्यार से निकल गया। तुम्हें अच्छा नहीं लगा क्या?" मैंने सकुचाते हुए पूछा।

"नहीं आकाश पहली बार मुझे किसी ने इस नाम से बुलाया है। तुम बुलाया करो मुझे इस नाम से। लेकिन तुम्हारे अलावा कोई भी नहीं।"

"ठीक है माहीं अब चलो। हमारे पास बहुत ज़्यादा समय नहीं है। हमें पहाड़ी पर धूप होने से पहले चढ़ना होगा।"

"अच्छा ठीक है। लेकिन मुझे नन्हे भाई की चाय पीनी है पहले," माहिरा ने हुक़्म दे दिया।

"जी। आपका हुक़्म सर आँखों पर। लेकिन पहले गाड़ी पर बैठो तो सही।"

आज मुझे एहसास हो रहा था कि प्यार हक़ जताना सिखा देता है, वरना जिस माहिरा ने स्कूल में एडमीशन लिया था वो शर्मीली और शांत थी लेकिन मेरी माहीं तो नटखट और चंचल हो गई थी।

ख़ैर हम नन्हे भाई के पास चाय पीकर नेशनल हाईवे पकड़ चुके थे। सुबह की ठंडी हवा और पीछे बैठी माहिरा की मौजूदगी की गरमाहट के मिश्रण को ही शीला मैम के शब्दों में कैमिकल बॉन्डिंग बोलते होंगे। पूरा रास्ता बातें करते हुए कैसे निकल गया पता ही नहीं चला और हम बम्लेश्वरी माता के शहर डोंगरगढ़ में पहुँच गए थे।

"आकाश क्या हमें ऊपर तक चलकर ही जाना होगा?" माहिरा ने बड़ी मासूमियत से पूछा।

"हाँ माहीं। लेकिन हम धीरे-धीरे जाएँगे ना और आते समय उड़न-खटोला से वापस आएँगे।"

"उड़न-खटोला?"

"अरे बाबा। रोप-वे।"

"फिर ऐसे बताओ ना। और तुम दुबे सर के साथ ज़्यादा मत रहा करो। कुछ ज़्यादा ही शुद्ध हिन्दी बोलते हो।"

"अच्छा और तुम भी रम्या मैम के साथ मत रहा करो। वरना उनकी तरह अँगरेज़न बन जाओगी।"

ऐसे ही नोक-झोंक करते हम पहाड़ी की चोटी पर पहुँचने वाले थे। रास्ते में कुछ जत्थे 'जय माता दी' का उद्घोष कर रहे थे। हम मन्दिर की चौखट पर पहुँच गए थे। वहाँ घण्टियों और मंत्रोच्चार की आवाज़ से एक अलग ही पवित्र वातावरण था। जो कहीं-न-कहीं हमारे विचारों की गति को भी कम कर रहा था। थोड़ी देर मन्दिर में रहने के बाद हम वहाँ से बाहर निकलकर पहाड़ी की उस जगह पहुँचे जहाँ से पूरा शहर दिखता था। माहिरा बड़े गौर से शहर को देख रही थी और उसके बाल उसकी गिरफ़्त से बाहर जाकर उड़ रहे थे। मैंने मौक़े का फ़ायदा उठाकर माहिरा को तस्वीरों में कैद कर लिया था।

थोड़ी देर रुकने के बाद हम उड़न-खटोला, हाँ वही रोप-वे की मदद से नीचे आ गए थे। हमें दोपहर होने से पहले भिलाई पहुँचना था। इसलिए बिना देरी किए हम वापस भिलाई की ओर चल पड़े। लेकिन जल्दी होने के बाद भी मैं माहिरा को राजनाँद गाँव में वहाँ के सबसे प्रसिद्ध मानव मन्दिर होटल का

पोहा और जलेबी खिलाना नहीं भूला।

वैसे भूलने से याद आया कि मुझे शिल्पा की कॉल आई थी और मैं कॉल बैक करना भूल गया था। जब उसने माहिरा को फ़ोन किया तो बताया कि माहिरा के पापा उसे लेने उसके घर आए थे। इतना सुनते ही हमारे होश उड़ गए। लेकिन वो तो भला हो शिल्पा का जो उसने माहिरा के पापा को बताया कि माहिरा थोड़ी देर पहले ही मेरे साथ कुछ ज़रूरी किताबें लेने मार्केट गई है। अब हमें जल्दी-से-जल्दी भिलाई पहुँचना था। मैंने भी अपनी गाड़ी की स्पीड थोड़ी और तेज़ कर दी।

मैंने माहिरा को उसके घर के पास छोड़ा और उसे घर पहुँचकर मैसेज में सब बताने को कहा। जब तक उसका मैसेज नहीं आया था मेरा दिल ज़ोरों से धड़क रहा था। तभी उसका मैसेज आया—

कुछ नहीं हुआ है। पापा बच्चों को पढ़ाने जा रहे थे तो मुझे ले जाने के लिए आये थे। बाक़ी सब कुछ सही है और कल तुम सब लोग मेरे घर समय पर आ जाना।

उसका मैसेज पाकर मैंने भी राहत की साँस ली और मुझे ऐसा लगा जैसे आज हमने कोई जंग फ़तह कर ली हो। अब मैं बस कल ईद के मौके पर अपने चाँद को देखने का इंतज़ार करने लगा।

~

13 अक्टूबर-2007

"अरे शिल्पा देख ना ये पठानी कुर्ता कैसा है? माहिरा पसंद करेगी ना मुझे इस कुर्ते में?" मैंने शिल्पा से पूछा।

"देख माहिरा वैसे ही तेरी गर्लफ्रेंड है तो वो तुझे पसंद ही करेगी। लेकिन तू उसके पापा के लिए कुछ सोच ना! आख़िर रिश्ता तो उन्हीं से माँगने जाना होगा तुझे कभी-न-कभी," शिल्पा ने मुझे भविष्य की चिंता कराते हुए कहा।

"यार तूने तो बहुत अच्छा आइडिया दिया। सच में अगर तू नहीं होती तो मेरा क्या होता!" मैंने शिल्पा के गालों पर एक प्यारी-सी थपकी देते हुए कहा।

"गधे जब तू और योगेश भी दोस्त नहीं बने थे ना तब से मैं तेरे साथ हूँ। तेरे मासूम से बिना दाढ़ी वाले चेहरे से लेकर इस स्मार्ट से दाढ़ी वाले चेहरे तक बदलते देखा है मैंने तुझे। फिर भले ही सब के सब तुझे छोड़ दें लेकिन मैं तुझे छोड़ कर कहीं नहीं जाने वाली पागल," शिल्पा ने हमारी दोस्ती का इतिहास बताते हुए कहा।

"ठीक है रे। अब मुझे ये बता कि माहिरा के पापा के लिए क्या खरीद सकता हूँ मैं?"

"सुन एक अच्छा-सा इत्र खरीद लेते हैं। सस्ता भी पड़ेगा और कुछ अलग भी लगेगा उनको।"

"ठीक है मैं ये कुर्ता खरीदता हूँ। फिर हम जामा मस्जिद के सामने रहीम बाबा की दुकान से इत्र खरीद लेंगे।"

"हाँ, तू जल्दी कर! माहिरा ने शाम को जल्दी बुलाया है।"

दरअसल आज सुबह से ही मैं शिल्पा के साथ माहिरा के लिए ईद के मौके पर कुछ खरीदने निकला था। लेकिन मैंने उसके लिए कुछ न खरीद कर अपने लिए एक पठानी कुर्ता खरीद लिया और साथ-ही-साथ माहिरा के पापा को देने के लिए इत्र।

ये दिन माहिरा के लिए सबसे खास दिनों में से एक था। इसीलिए मैं उसे कोई बाज़ारू गिफ़्ट न देकर कुछ अलग-सा गिफ़्ट देने का सोच रहा था। जैसे ही हम मार्केट से वापस आए, मैंने एक कोरा कागज़ निकाला और उसमें कुछ लिखकर माहिरा को देने का सोचा।

वादे और यादें। प्यार और तकरार। हँसना और रोना। पाना और खोना। वैसे तो ये अल्फ़ाज़ बिलकुल विपरीत हैं। लेकिन माहिरा मैं अपनी ज़िन्दगी के दोनों एहसासों को तुम्हारे साथ ही जीना चाहता हूँ। मैं इस कच्ची उम्र में तुमसे यह पक्का वादा करता हूँ कि तुम्हारे साथ बिताया हुआ हर एक पल मेरी ज़िन्दगी की सबसे अच्छी यादों में से होगा। चाहे वो प्यार के पल हों या तकरार के पल हों। मैं तुम्हारे साथ ही हँसना और रोना चाहता हूँ। मैं सब कुछ खोकर भी तुम्हें पाना चाहता हूँ और सब कुछ पाकर भी तुम्हें खोना पड़े तो मुझे बिलकुल मंजूर नहीं है। इसलिए मैं चाहता हूँ कि माहिरा और आकाश ज़िन्दगीभर के लिए एक होकर 'माहिकाश' बन जाएँ।

तुम्हारा आकाश...

मैं यह ख़त न सिर्फ़ लिख रहा था बल्कि उसे जी भी रहा था। अब बस किसी तरह मैं माहिरा को यह ख़त उसके घरवालों की नज़रों से बचाकर देना चाहता था।

शाम होने वाली थी। मैं भी अपना पठानी कुर्ता पहनकर तैयार हो गया था और अपने ग्रुप के आने का इंतज़ार कर रहा था। जैसे ही वो लोग मेरे घर आए हम लोग माहिरा के घर चल पड़े।

माहिरा के घर के बाहर से ही केसर की ख़ुशबू आ रही थी। शायद उन्होंने सेवइयों में डाला होगा। उसके अलावा पूरे घर को काँच के छोटे-छोटे टुकड़ों से सजाया गया था। घर में मेहमानों का आना-जाना अभी भी जारी था। माहिरा के पापा ने आज उन गरीब बच्चों को भी बुलाया था, जिन्हें वो खाली समय में पढ़ाते थे। माहिरा के पापा दिख गए। उसकी मम्मी भी दिख गईं। लेकिन माहिरा अभी तक नहीं आई थी। हम सब उसी का इंतज़ार कर रहे थे। इतने में शिल्पा ने इशारों में मुझसे कहा कि मुझे माहिरा के पापा के लिए लाया इत्र उन्हें अभी ही दे देना चाहिए। मैं भी मौका देखकर उनके पास गया।

''अरे आकाश बेटा। बैठो।''

''ईद मुबारक अंकल। मैं इस मौके पर आपके लिए कुछ लाया हूँ,'' मैं थोड़ा सकुचाते हुए बोला और वो इत्र की शीशी उन्हें थमा दी।

''अरे वाह। यह तो मेरा पसंदीदा इत्र है। थैंक यू बेटा,'' उन्होंने बहुत आत्मीयता से कहा।

''वैसे तुमसे मुझे कुछ और भी बात करनी थी आकाश!'' उन्होंने बोलना जारी रखा।

''हाँ अंकल बोलिए ना!''

''बेटा जब मैं तुम्हारी उम्र का था तब हमारे घर में बहुत तंगी थी। मेरे अब्बा विभाजन के समय लाहौर से सब कुछ छोड़ भारत आ गए थे तो कुछ खास उनके पास नहीं था। ऐसे में मुझे जल्दी-से-जल्दी कमाना बहुत ज़रूरी था। लेकिन मुझे एक लड़की से प्यार हो गया और उस चक्कर में मैंने जीवन के दो साल बर्बाद कर दिए और उन दो सालों में अब्बा का बीमारी के कारण इन्तेक़ाल हो गया। आज भी मुझे लगता है कि अगर मैंने जीवन के वे दो साल बर्बाद नहीं किये होते तो मैं अब्बा को बचा सकता था। इसलिए मैं भी तुमसे बोलूँगा कि तुम भी प्यार-मोहब्बत के चक्कर में मत पड़ना,'' उन्होंने अपनी बात ख़त्म की और इतने में कुछ मेहमानों ने उन्हें बुला लिया।

अब मेरा मन दुविधा से भर गया था। कहीं उनको मेरे और माहिरा के बारे में पता तो नहीं चल गया। कहीं उन्होंने हमें उस दिन देख तो नहीं लिया। अगर उन्होंने माहिरा को मेरे से बात करने से मना कर दिया तो? मेरे मन में बहुत सारे सवाल आ रहे थे। इतने में माहिरा हम सब के लिए शरबत लेकर आई। आज वो किसी अप्सरा से कम नहीं दिख रही थी। उसने काले रंग का सलवार-सूट पहना था। लेकिन आज दो बातें उसे और खूबसूरत बना रही थीं। पहली यह कि उसने चश्मा नहीं लगाया था, जिसके कारण उसकी आँखें और मनमोहक लग रही थीं। दूसरी बात यह कि उसने बिंदी लगाई हुई थी। सब माहिरा के लिए कुछ-न-कुछ गिफ़्ट लाये थे। सबसे गिफ़्ट लेने के बाद वो मुस्कुराते हुए मेरे पास आई।

"आकाश सबने मुझे ईदी दे दी, लेकिन तुमने अभी तक कुछ नहीं दिया। फिर कहाँ है मेरी ईदी?"

"माहिरा वो क्या अंकल को सब कुछ मालूम चल गया है?" मैंने उससे तपाक् से पूछा।

"नहीं तो? क्या हो गया?" उसने थोड़ा परेशान होते हुए पूछा।

मैंने उसे सब कुछ विस्तार से बताया।

"अरे ऐसी ही कुछ बात वो मुझे भी बता रहे थे। लेकिन मुझे नहीं लगता कि उन्हें कुछ पता होगा वरना वो सीधे-सीधे भी पूछ सकते थे।"

"हाँ मैं भी उम्मीद करता हूँ कि उन्हें कुछ न पता हो। वैसे अपना हाथ आगे करो," मैंने पूरे हक़ से उसे कहा।

उसने भी बिना किसी झिझक के अपना हाथ आगे किया। मैंने एक ग्रीटिंग और उसके अंदर वो ख़त जो मैंने लिखा था, उसे थमा दिया। माहिरा बड़ी सतर्कता से उसे अपने रूम में रखकर आ गई।

हम भी थोड़ी देर बाद अपने-अपने घर वापस आ गए। कुछ देर बाद माहिरा का मैसेज आया—

थैंक यू सो मच फ़ॉर योर लैटर आकाश। और मैं तुम्हारी माहीं बनकर ज़िन्दगीभर 'माहिकाश' बनने को बेताब हूँ।

हम जानते थे कि हम अभी शादी नहीं कर सकते थे लेकिन शादी का ये वादा भी हमारे लिए शादी से कम नहीं था। ख़ैर त्योहारों का यह समय अभी बाक़ी था। थोड़े दिन बाद दिवाली के दिन माहिरा भी मेरे घर आई थी और इस तरह से मेरे घरवालों को भी माहिरा से मिलाने का मौका मिल गया। इस तरह इन त्योहारों की वजह से हमारे दिल और करीब आते जा रहे थे।

हमारी हार

"बोर्ड एग्ज़ाम की डेट शीट आ गई है और 10 जनवरी से प्री बोर्ड एग्ज़ाम भी चालू होने वाले हैं तो क्यों ना न्यू ईयर के लिए कुछ प्लान किया जाए?" योगेश ने उत्सुकतावश कहा।

"भाई तुम्हारा क्या है। इसी महीने तुम्हारा अंडर-19 टीम में सेलेक्शन भी हो जायेगा। लेकिन हमें तो बोर्ड एग्ज़ाम देना है ना?" कमलेश ने संजीदगी से कहा।

"वैसे कमलेश बिलकुल सही बोल रहा है योगेश। तुमने तो अंडर-19 में सेलेक्ट होने के बाद एग्ज़ाम भी नहीं देने का मन बना लिया है। लेकिन हमें बहुत गंभीरता से पढ़ाई करनी होगी," मैंने भी कमलेश की बातों का समर्थन किया।

"वैसे माहिरा के घर ग्रुप स्टडी करते हुए राकेश और खिलेश भी अच्छा पढ़ने लग गए हैं। याद है ना एक सप्ताह पहले शीला मैम ने जब टेस्ट लिया तो दोनों ने अगल-बगल में बैठने के बाद भी चीटिंग नहीं की और अच्छे नंबर भी लाए," शिल्पा ने गर्व से कहा।

"हाँ और मुझे लगता है कि हम सबका एक अच्छे कॉलेज में एडमिशन हो जायेगा।" माहिरा आत्मविश्वास के साथ बोलती रही, "साथ में हम सबका एक ही कॉलेज में भी एडमिशन हो सकता है।"

आज हम स्कूल में लंच के समय दिसंबर की ठण्ड में धूप सेंकते हुए स्कूल के ग्राउंड में बैठकर चर्चा कर रहे थे। दिवाली के बाद नवंबर में हमारे छमाही एग्ज़ाम भी हो चुके थे। ज़िन्दगी बिलकुल ही सही गति से आगे बढ़ रही थी। मार्च में बोर्ड एग्ज़ाम था तो उसके पहले के बस 2-3 महीनों को शांति से बिना क्रिकेट और आशिक़ी के निकालना था। माहिरा और मैंने भी यह तय कर लिया था कि हम हफ़्ते में सिर्फ़ एक बार ही बाहर घूमने जाएँगे।

"तुम लोगों का अच्छे कॉलेज में एडमिशन हो जाने के बाद तुम लोग तो

मुझे भूल जाओगे ना?" योगेश ने थोड़ा शरारतपूर्ण तरीके से कहा।

"हाँ साले और जो तुम अंडर-19 में सेलेक्ट हो जाओगे उसका क्या? फिर क्या ही तुम हमारे जैसे लोगों से दोस्ती रखोगे," खिलेश ने भी उसकी टाँग खींचते हुए कहा।

"अरे नहीं बे। तुमको हम अपना सेक्रेटरी बनाएँगे और ये चशमिश को तो हम पहचानेंगे भी नहीं," योगेश ने कमलेश की ओर इशारा करते हुए कहा।

और हम सब ठहाका लगाकर हँस पड़े। साथ-ही-साथ हमने यह तय किया कि न्यू ईयर के लिए कहीं दूर न जाकर शिल्पा के घर पर ही छोटी-सी पार्टी कर लेंगे।

~

आज मैं और माहिरा आमिर खान की नई फ़िल्म 'तारे जमीं पर' देखने के लिए आए थे। चूँकि यह फ़िल्म बच्चों की एक फ़िल्म थी इसीलिए काफ़ी संख्या में बच्चे भी अपने पेरेंट्स के साथ आए थे। मैं और माहिरा भी पीछे वाली किसी सीट पर बैठकर फ़िल्म के मज़े ले रहे थे। फ़िल्म के इंटरवल में मैं पॉपकॉर्न लेने गया। चूँकि पॉपकॉर्न वाले के पास चिल्लर नहीं था, इसीलिए उसने थोड़ा रुकने को बोला। मैं वहाँ खड़े होकर किसी नये ग्राहक का इंतज़ार कर रहा था ताकि पॉपकॉर्न वाले को चिल्लर मिल जाए।

तभी मैंने दूर से देखा तो वहाँ माहिरा के पापा कुछ बच्चों के साथ खड़े थे और वो पॉपकॉर्न वाले की तरफ़ ही आ रहे थे। मैं तुरंत ही नीचे झुका और वहाँ लगी कुर्सी के सहारे ही छिप गया। मैंने देखा वो वहाँ उन गरीब बच्चों के साथ ही पॉपकॉर्न खरीद रहे थे। मैं मरता क्या न करता किसी तरह बच-बचा कर हमारी सीट के पास पहुँचा।

"तुम्हारे पापा यहाँ हैं? वो फ़िल्म देखने आए हैं उन बच्चों के साथ," मैंने माहिरा को हड़बड़ाते हुए कहा।

"क्या? वो कभी फ़िल्म नहीं देखते हैं। तुमने किसी और को देखा होगा," माहिरा ने आत्मविश्वास के साथ कहा।

"नहीं-नहीं। वो तुम्हारे पापा ही थे। वो उन बच्चों के साथ थे जिन्हें वो पढ़ाते हैं।"

"अच्छा तो ऐसे बताओ ना। पापा बोल तो रहे थे कि वो बच्चों को कुछ सरप्राइज़ देना चाहते हैं। शायद इसीलिए वो उन्हें फ़िल्म दिखाने लाए होंगे।"

"वो तो ठीक है लेकिन सोचो हम यहाँ से बाहर कैसे निकलेंगे," मैंने समस्या की गंभीरता को बताते हुए पूछा।

"वो तो मुझे भी समझ नहीं आ रहा है। अरे वो देखो पापा तो हमारी तरफ़ ही आ रहे हैं।"

उनको हमारी तरफ़ आते देख हम नीचे झुक गए। वो लोग हमारी कतार से थोड़ा आगे बैठे थे। हमारे दिल की धड़कनें बढ़ गई थीं। सोचा कि इंटरवल के ख़त्म होते ही हम अँधेरे में चुपके से निकल लेंगे। लेकिन दरवाज़े के ठीक सामने ही माहिरा के पापा बैठे थे। इसीलिए ऐसे निकलना हमारे लिए बहुत बड़ा जोख़िम था। ऐसे में पूरी फ़िल्म देखना ही उचित था।

अब न हमें फ़िल्म की कहानी समझ आ रही थी और न ही हमें उसमें कोई दिलचस्पी थी। बस किसी तरह हमें हॉल से बाहर निकलना था। जैसे ही वो छोटा बच्चा ईशान अवस्थी उसके सर राम शंकर निकुम्ब से गले लगता है पूरा हॉल तालियों से गूँज उठा।

फ़िल्म ख़त्म हो चुकी थी। लोग धीरे-धीरे बाहर जा रहे थे। माहिरा के पापा भी बच्चों के साथ हॉल से बाहर जा रहे थे। हम बिलकुल चुपचाप बैठे थे। जैसे ही माहिरा के पापा हॉल से बाहर निकले तो हमने राहत की साँस ली। लेकिन वो कहते हैं ना हाथी निकल गया लेकिन दुम रह गई।

उन बच्चों में से एक छोटी बच्ची ने अचानक माहिरा को देख लिया। "माहिरा दीदी माहिरा दीदी," वो चिल्लाने लगी। माहिरा के पापा ने भी पीछे मुड़कर देखा। और फिर क्या था? वो हमें देख चुके थे। उन्होंने हमें पास बुलाया।

"माहिरा बेटा पीछे सीट में ठीक से तो बैठी ना?" उन्होंने माहिरा से पूछा और फिर वो बच्चों की तरफ़ देखकर बोले, "वो दीदी भी हमारे साथ आई थीं। लेकिन सभी टिकट एक ही जगह के नहीं मिल पाये इसलिए वो पीछे बैठी थीं।"

माहिरा के पापा ने बच्चों को एहसास नहीं होने दिया कि उन्होंने उसे अचानक देखा है। उन्होंने माहिरा को जल्दी घर आने का निर्देश दिया और बच्चों को लेकर निकल गए थे।

"अब क्या होगा आकाश? आज तक मैंने कोई बात घर में नहीं छिपाई थी, लेकिन सिर्फ़ तुमसे प्यार करने की बात छिपाई और वो इस तरह से उनके सामने आ गई। मुझे बहुत डर लग रहा है आकाश," माहिरा ने भीगी आँखों से कहा।

"अब अगर सब कुछ सामने आ ही गया है तो हमें सच्चाई का सामना करना ही पड़ेगा माहीं," मैंने उसे हिम्मत दिलाते हुए कहा।

"हाँ आकाश, लेकिन मैं तुमसे जुदा नहीं होना चाहती," माहिरा ने मेरे हाथों को पकड़ लिया था।

"हाँ माहीं। हम नहीं होंगे जुदा। बस तुम आज जाकर अपने पापा को सब सच बता दो। उसके बाद जो होगा वो हम देख लेंगे," मेरी आँखें भी भीग चुकी थीं।

आज मेरी माहीं को यूँ जाता देख ऐसा लग रहा था कि वापस अब मिलना होगा भी कि नहीं? कहीं माहिरा के साथ मेरी आखिरी मुलाकात न हो जाए।

इन सब सवालों का एक ही तरीके से जवाब मिल सकता था, जब माहिरा घर जाती और वहाँ से मैसेज करके बताती कि क्या हुआ है घर पर?

मैं घर आने के बाद काफ़ी समय तक उसके मैसेज का इंतज़ार करता रहा, लेकिन कोई भी जवाब नहीं आया। जब मुझसे रहा नहीं गया तो मैंने माहिरा को मैसेज किया— *सब ठीक है ना?*

लेकिन जब उसका मैसेज 5 घंटों तक भी डिलीवर नहीं हुआ तो मुझे समझ आ चुका था कि सब ठीक तो बिलकुल भी नहीं था। अब मैं बस उसकी सलामती की दुआ कर रहा था।

~

"यार शिल्पा एक सप्ताह हो गया। न माहिरा स्कूल आ रही है और न कोचिंग। उसका फ़ोन भी नहीं लग रहा है। कुछ कर ना तू?" मैंने बहुत ही चिंता से शिल्पा को बोला।

"यार देख उस दिन के बाद मुझे बस उसके पापा का कॉल आया कि अब वैसे भी तुम लोगों का कोर्स पूरा हो ही गया होगा तो अब ग्रुप स्टडी की जगह घर में ही पढ़ाई करो। तभी मुझे समझ आ गया था कि अब उससे मिलना बहुत मुश्किल होने वाला है।"

''शिल्पा तुम लड़की हो। तुम तो उसके घर जा ही सकती हो ना? देखो ना आकाश की हालत कितनी खराब हो रही है,'' योगेश ने शिल्पा को कहा।

''हाँ योगेश, मैं कोशिश करती हूँ। लेकिन मुझे भी थोड़ा डर लग रहा है।''

''तुम एक काम करना ना! अपने घर में न्यू ईयर पार्टी का इन्विटेशन देने ही चली जाना और इसी बहाने माहिरा से भी मिल लेना,'' राकेश ने एक अच्छा सुझाव दिया था।

''ठीक है। मैं इसी बहाने जाऊँगी और मुझे जो भी पता चलता है वो तुम सबको बताऊँगी,'' शिल्पा ने आश्वासन देते हुए कहा।

''और ये स्कूल वाले तो 2 दिन स्कूल बिना बताये न आने पर घर पर फ़ोन करते हैं। तो क्या इन्हें कुछ भी नहीं मालूम होगा?'' कमलेश ने एक बहुत ज़रूरी बात की तरफ़ हमारा ध्यान दिलाया।

''सही बोला तूने। मैं कल ही जोशी सर से बात करता हूँ। वो हमें कुछ-न-कुछ बता ही देंगे,'' मैंने अपने आप को थोड़ा सँभालते हुए कहा।

आज हम सब कोचिंग के बाद योगेश के घर पर बैठे थे। चूँकि अब माहिरा के घर पढ़ने तो नहीं जा सकते थे तो यहीं बैठ कर पढ़ाई किया करते थे। एक ही सप्ताह में क्या-से-क्या हो गया था। कहाँ हम एक साथ एक ही कॉलेज लेने की बात कर रहे थे और कहाँ आज माहिरा से मिलना भी दूभर हो गया था। शिल्पा आज ही माहिरा के घर जाने वाली थी और मैं भी कल जोशी सर से जाकर माहिरा के बारे में पूछने वाला था।

~

''क्या मैं अंदर आ सकता हूँ सर?'' मैं जोशी सर के रूम के बाहर था।

''हाँ बेटा। अंदर आ जाओ,'' जोशी सर ने हमेशा की तरह मुस्कुराते हुए स्वागत किया।

''सर वो माहिरा स्कूल नहीं आ रही है। आपको वजह पता है क्या?'' मैंने सीधे-सीधे उनसे पूछा।

''पहले बैठ जाओ बेटा। आराम से बात करते हैं,'' उन्होंने मुझे बैठने का इशारा किया।

मैं उनके सामने वाली कुर्सी खींच कर बैठ गया।

''तो बात ऐसी है कि माहिरा के पापा स्कूल आए थे और उन्होंने बताया कि माहिरा की तबीयत ठीक नहीं है, इसलिए उसे कहीं बाहर लेकर जा रहे हैं। साथ-ही-साथ उन्होंने बोला कि अब वो स्कूल नहीं आएगी और सीधा बोर्ड एग्ज़ाम में ही बैठेगी।''

''क्या? ऐसा कैसे हो सकता है सर? बोर्ड एग्ज़ाम की तैयारी घर पर कैसे कोई कर सकता है? और स्कूलवालों ने भी कैसे इजाज़त दे दी?'' मैंने सवालों की झड़ी ही लगा दी।

''उसके पापा बहुत बड़े ऑफ़िसर हैं बेटा। स्कूल के ट्रस्टी भी उनके पहचान के लोग हैं। ऐसे में वो बड़ी आसानी से ऐसा कर सकते हैं।''

''ठीक है सर,'' मैंने रुआँसा होते हुए कहा।

''बेटा तुम्हें एक बात बताता हूँ। इस उम्र में बहुत जल्दी हम किसी से जुड़ जाते हैं और ऐसा लगने लगता है कि उसकी मौजूदगी ही बस ज़िन्दगी है। लेकिन तुम्हें यह तय करना होगा कि ये प्यार है कि सिर्फ़ एक आदत? क्योंकि आदत बदलते देर नहीं लगती। जहाँ तक तुम्हारे और माहिरा के बारे में बात है। सबको पता है कि तुम दोनों दोस्त से कुछ ज़्यादा ही हो। मगर अभी तक किसी ने कुछ नहीं बोला था, क्योंकि तुम दोनों पढ़ाई में अच्छे हो। लेकिन जिस दिन तुम्हारा रिज़ल्ट बोर्ड एग्ज़ाम में खराब होगा। सब तुम पर उँगलियाँ उठाएँगे,'' जोशी सर ने बहुत ही सरल लेकिन स्पष्ट शब्दों में अपनी बात रख दी थी।

मैं आज जल्दी स्कूल जोशी सर से मिलने ही आया था। जोशी सर के यह बताने के बाद मेरे अंदर विचारों का तूफ़ान-सा आ गया था। ऐसा लग रहा था जैसे लहरों का पीछा करते-करते मैं बीच समुद्र में आ गया था। जहाँ आकर लहरें भी ख़त्म हो गयी थी और किनारा भी बहुत दूर छूट गया था। अब मुझे बस शिल्पा के आने का इंतज़ार था। वही मुझे सँभाल सकती थी और माहिरा के घर का हाल-चाल भी बता सकती थी। इतने में शिल्पा भी आ गई। उसके चेहरे पर एक फ़ॉर्मेलिटी वाली मुस्कान से ही समझ आ रहा था कि बात कुछ ठीक नहीं है।

''क्या हुआ शिल्पा? तुम माहिरा के घर तो गई थीं ना? उसके पापा भी थे क्या? कुछ बोला तो नहीं उन्होंने? माहिरा तो ठीक है ना?''

''शांत हो जाओ आकाश। माहिरा बिलकुल ठीक है और उसके पापा से

भी मिली मैं,'' शिल्पा ने शांति से कहा।

''क्या बोला उन्होंने? बहुत गुस्से में थे क्या वो?'' मैंने पूछा।

''नहीं-नहीं आकाश। वो बहुत ही सुलझे हुए व्यक्ति हैं। उस दिन भी उन्होंने माहिरा को नहीं डाँटा। लेकिन उन्हें इस बात का मलाल था कि माहिरा ने उनसे यह बात छिपाई।''

''क्या बात कर रही है तू? मतलब उन्हें हमारे इस रिश्ते से कोई आपत्ति नहीं है?'' मैंने उम्मीद के साथ पूछा।

''मैंने ऐसा कब कहा,'' शिल्पा ने कंधे उचकाते हुए कहा।

''फिर ठीक से बता ना? क्या हुआ वहाँ पर?''

''देख उसके पापा ने बोला कि कच्ची उम्र का प्यार भले ही सच्चा हो, लेकिन पक्का नहीं होता। उन्हें तुम दोनों के बारे में पहले ही शक हो गया था, क्योंकि उन्होंने तुम दोनों को नवरात्र के पहले दिन बम्लेश्वरी माता के मन्दिर से वापस आते देख लिया था। इसीलिए उन्होंने तुम दोनों को प्यार के बारे में कुछ चीज़ें समझाई थीं। ऊपर से बोर्ड एग्ज़ाम भी आने ही वाले हैं तो अब वो नहीं चाहते कि माहिरा और तुम फ़ालतू में अपना समय ऐसे गँवा दो।''

''मुझे तो लगा था कि हिन्दी फ़िल्मों की तरह वो मेरे से नफ़रत करने लगेंगे और माहिरा को भी परेशान करेंगे।''

''नहीं आकाश। उनसे मिलकर मुझे लगा कि शायद उनकी जगह मैं होती तो मैं भी यही करती। और रही बात माहिरा के मोबाइल की तो वो माहिरा के पापा ने उससे वादा लिया है कि जब तक एग्ज़ाम ख़त्म नहीं हो जाते वो मोबाइल बंद ही रखेगी।''

''फिर उसकी पढ़ाई का क्या होगा और माहिरा ने क्या बोला ये भी बताओ मुझे?''

''उसे पढ़ाने के लिए कोचिंग वाले सर उसके घर ही चले जायेंगे और हाँ, माहिरा बहुत उदास थी। उसकी आँखें बार-बार गीली हो रही थीं। लेकिन साथ ही उसने यह भी बताया कि वो अपने पापा के ख़िलाफ़ नहीं जा सकती और ख़ासकर जब वह उसकी भलाई के बारे में ही सोच रहे हों।''

''तो फिर क्या मैं एग्ज़ाम के पहले उससे नहीं मिल पाऊँगा?'' मैंने बच्चों की तरह पूछा।

''मिल सकते हो लेकिन बस एक बार। मेरे घर में 31 दिसंबर की शाम

को वो न्यू ईयर पार्टी में आएगी। मैंने उसके पापा को मना लिया है। वो थोड़ी देर के लिए आएगी।''

''वाह शिल्पा। क्या काम किया है तूने? ऐसे ही तू मेरी बेस्ट फ्रेंड थोड़ी ना है।''

''बस कर और मस्का मत लगा मुझे। साथ-ही-साथ अब से हम लोग मेरे घर में पढ़ाई किया करेंगे। माना कि मेरा घर माहिरा के घर जितना बड़ा नहीं है लेकिन अभी काम चलाना पड़ेगा।''

''काम चलेगा नहीं दौड़ेगा पागल। माहिरा के घर तो कुछ महीनों से जा रहे थे ना? लेकिन याद है तेरे घर मैं कितने सालों से आ रहा हूँ,'' यह बोलकर मैंने शिल्पा को गले लगा लिया।

इसी पल मैंने महसूस किया कि मैं प्यार के चक्कर में दोस्तों से कितना दूर हो गया हूँ लेकिन वो दोस्त आज भी मेरे लिए सब कुछ करने के लिए तैयार हैं। ख़ैर प्यार का बुख़ार ऐसे इतनी जल्दी नहीं उतरता है। इसलिए मुझे भी 31 दिसंबर की शाम का इंतज़ार था।

31 दिसंबर-2007

''यार एक बुरी ख़बर है,'' योगेश ने मुँह लटकाए हुए कहा।

''क्या हुआ? बोल ना?'' मैंने तुरंत ही योगेश से पूछा।

''लेकिन तुम किसी को बोलना मत। वरना सबका मूड ख़राब हो जायेगा।''

''हाँ ठीक है। लेकिन तुम बोलो तो सही।''

''यार वो अंडर-19 टीम में हमारा सेलेक्शन नहीं किया गया है। बोलते हैं कुछ पैसों का चक्कर था इसीलिए हमें सेलेक्ट नहीं किया गया। साला हमारा चूतिया काट दिया बे कोच।''

''क्या बात कर रहे हो भाई। कहीं शिकायत नहीं कर सकते क्या हम इसकी?''

''नहीं बे। सब बहुत प्लानिंग से हुआ है। कुछ नहीं हो सकता। हमने तय किया है कि हम क्रिकेट खेलना छोड़ देंगे,'' इतना बोलकर योगेश मेरे गले लगकर रोने लगा।

"अरे नहीं भाई। तुम तो ज़हीर खान हो पागल। ऐसे थोड़ी ना क्रिकेट छोड़ा जाता है," मैंने उसे समझाते हुए कहा।

"नहीं बे। सब ख़त्म हो गया। ना हम बोर्ड एग्ज़ाम के लिए कुछ पढ़े हैं और न ही अंडर-19 में सेलेक्ट हुए," योगेश कुछ लड़खड़ाते हुए बोला।

"एक मिनट। ये तुम क्या पी रहे हो," मैंने उसके गिलास को सूँघते हुए पूछा।

वो दारू थी। जो उसे किसी अंकल ने किसी और तक पहुँचाने को दी थी।

"अबे कोल्ड-ड्रिंक समझ कर थोड़ी पी गए हम लेकिन जब तक समझ आया तो थोड़ी चढ़ने लगी और मज़ा आने लगा," योगेश ने अपनी सफ़ाई में कहा।

मैं उसे कुछ बोलता उससे पहले ही माहिरा पार्टी में पहुँच गई थी। पार्टी नीचे गार्डन में हो रही थी।

मैं चुपचाप घर की छत पर चला गया और माहिरा भी थोड़े ही समय बाद छत पर आ गई। हम दोनों छत के एक तरफ़ थे और दूसरी तरफ़ कमलेश और योगेश की हमेशा की तरह कुछ नोक-झोंक चल रही थी। बाक़ी लोग नीचे डांस कर रहे थे। मैंने माहिरा को मिलते ही गले लगाया। उसे गले मिलकर दिल को ठंडक और शरीर को एक गरमाहट मिल रही थी। उसका चेहरा मुरझाया हुआ था। ठीक वैसे ही जैसे पतझड़ के मौसम में पत्ते पेड़ से नीचे गिरने के बाद मुरझा जाते हैं।

"आकाश..."

"बोलो माहीं। क्या हुआ?"

"हम शायद आज आख़िरी बार मिल रहे हैं," माहिरा ने धीमे स्वर में कहा।

"ऐसा मत बोलो माहीं। बस एक बार एग्ज़ाम ख़त्म होने दो फिर सब कुछ ठीक हो जाएगा," मैंने उसे सांत्वना देते हुए कहा।

"नहीं आकाश। पापा ने ट्रांसफ़र करवा लिया है अपना। हम भिलाई छोड़कर चले जाएँगे, मेरे एग्ज़ाम के बाद।"

"ऐसा नहीं हो सकता। कहाँ जा रही हो तुम?" मैंने इतना पूछा ही था और हमने देखा था कि योगेश और कमलेश कुछ ज़्यादा ही ज़ोर से लड़ रहे हैं।

हम दौड़कर उनकी तरफ़ गए।

''आकाश ये दारू पिया हुआ है देखो। और मुझे बहुत चिढ़ा रहा है। मैं सबको बताने वाला हूँ ये बात,'' कमलेश ग़ुस्से में बोला।

''हाँ जानता हूँ मैं। लेकिन वो गलती से पी ली है उसने और आज कुछ मत बोल यार उसे।'' ये बोलकर मैं उसे सब बताने ही वाला था। लेकिन वो सीढ़ियों की तरफ़ चिल्लाकर जाने लगा कि नहीं रहना मुझे तुम लोगों के ग्रुप में।

मैं दौड़कर उसकी तरफ़ गया और उसे कसकर पकड़ लिया।

''मुझे छोड़ दे आकाश। तुम लोगों का पढ़ाई-लिखाई में ध्यान ही नहीं है। तुम अपनी मजनूगिरी करते रहते हो। तो योगेश ख़ुद तो पढ़ता नहीं और मुझे चिढ़ाता रहता है,'' कमलेश ने ग़ुस्से में लाल होते हुए कहा।

कहते हैं खरबूजा खरबूजे को देखकर रंग बदलता है। मुझे भी उसकी मजनूगिरी वाली बात तीर की तरह चुभी। एक तरफ़ माहिरा हमेशा के लिए जा रही थी तो दूसरी ओर कमलेश मुझे ऐसे बोल रहा था। इसलिए उसकी इस बात के बाद मैंने उसे यह बोलते हुए एक ज़ोर का धक्का दिया कि जाओ और फिर कभी हमारे ग्रुप में वापस मत आना।

धम्म...एक ज़ोरदार आवाज़ आई। मुझे कुछ समझ आता इससे पहले ही लोगों के चिल्लाने की आवाज़ आने लगी। कमलेश मेरे धक्के के कारण सीढ़ियों से उल्टा पलटकर नीचे गिर गया था। मेरा पूरा शरीर काँपने लगा था। जब मैंने नीचे देखा तो कमलेश ख़ून से लथपथ बेहोश पड़ा था और मैं छत पर ही सदमे में बेहोश हो गया।

दोस्तों, मेरी तरफ़ की कहानी यहीं विराम लेती है। इसके आगे की कहानी बताने के लिए न ही मेरे पास शब्द हैं और न ही मुझे ठीक से कुछ याद है। इसलिए मैं यह कहानी बीच में ही छोड़कर जा रहा हूँ। लेकिन हमेशा की तरह शिल्पा मेरी मदद करेगी और इस कहानी को आगे बढ़ाएगी।

गलतियों का स्वीकार

मैं शिल्पा हूँ। वैसे मुझे आकाश की तरह हमारी दोस्ती की कहानी बताने में कुछ खास दिलचस्पी नहीं है। लेकिन ये गधा कहानी को बीच में ही छोड़ गया, क्योंकि माहिरा उसे छोड़कर जाने वाली थी और कमलेश के साथ जो कुछ हुआ उसकी वजह भी आकाश ख़ुद को मानता था। वो बस अपने कमरे में पड़ा रहता था। न किसी से बात करता और न ही स्कूल आता। उधर योगेश भी अंडर-19 में सेलेक्शन न होने के कारण बहुत निराश हो गया था। वो बहुत ही कम हमसे आकर मिलता था और ख़ुद को कोसता रहता कि उस दिन उसने गलती से ही सही, दारू क्यों पी? कमलेश 10 दिन आईसीयू में रहने के बाद अपने घर आ गया था। डॉक्टर्स ने फ़िलहाल उसके एक पैर में रॉड लगाई है, जिससे वो एक छड़ी की मदद से चल सकता है। साथ-ही-साथ बताया है कि 2-3 साल बाद अगर सब कुछ ठीक रहा तो ऑपरेशन करके कमलेश के पैर को हमेशा के लिए ठीक कर देंगे। मैं उससे मिलने उसके घर गई थी। लेकिन उसके घरवालों ने यह बोलकर मना कर दिया कि तुम लोगों के कारण ही यह सब हुआ है। उसके अलावा माहिरा तो वैसे भी अपने घर में ही रहती थी। उससे मिलने पर वो आकाश के बारे में पूछा करती थी। लेकिन यहाँ आकाश तो उस दिन के सदमे से उबर ही नहीं पाया था। बोर्ड एग्ज़ाम को कुछ दिन बचे थे लेकिन सब कुछ ताश के पत्तों के जैसे बिख़र चुका था।

बाकी बचे मैं, खिलेश और राकेश। अब हम तीनों ही रोज़ मिलते थे। लेकिन बात करने को कुछ नहीं होता था। कभी कुछ बोलते-बोलते मैं रो पड़ती तो कभी खिलेश और राकेश की आँखें भीग जाती थीं। वो रोज़ मेरे घर पढ़ाई करने आते थे। लेकिन न पढ़ने में मन लगता और न ही एग्ज़ाम देना चाहते थे।

ऐसे समय में मेरी ये ज़िम्मेदारी बनती थी कि मैं सबको सँभाल कर कम-से-कम बोर्ड एग्ज़ाम के लिए तैयार करूँ। इसके लिए सबसे पहले मुझे योगेश को समझाना था और किसी भी तरह उसे पढ़ने के लिए मनाना था। अगर

इस बात के लिए योगेश मान जाता तो वह आकाश से भी बात कर सकता था।

मैं, राकेश और खिलेश एक दिन योगेश के घर गए। योगेश अपने कमरे के एक कोने में वीडियो गेम खेल रहा था। उसका यह कमरा मुझे आज बिलकुल अनजान-सा लग रहा था। क्योंकि दीवारों पर लगे हुए ज़हीर खान और कपिल देव के पोस्टर्स को योगेश ने निकाल दिया था। हर मैच में जितने भी विकेट लेता था, उसको वह तारीख़ के साथ अपने ब्लैक बोर्ड में लिखता था। वो भी नदारद था। योगेश हमें नज़रअंदाज़ कर वीडियो गेम में लगा हुआ था। मैंने जाकर टीवी का स्विच बंद कर दिया।

''ये क्या कर दिया तुमने? हम गेम खेल रहे थे ना?'' योगेश ने थोड़ी नाराज़गी दिखाते हुए कहा।

''योगेश कब तक सच्चाई से दूर भागोगे। हमें तेरे से बात करनी है। थोड़ी देर बैठो हमारे साथ,'' मैंने उसे थोड़ा सख़्त लहज़े में कहा।

''ठीक है। बोलो क्या बात करनी है?''

''देखो योगेश बोर्ड एग्ज़ाम सर पर हैं। लेकिन तुम और आकाश पढ़ाई ही नहीं कर रहे हो। ऐसे में तुम दोनों ही फ़ेल हो सकते हो।''

''फ़ेल तो हम वैसे भी होने ही वाले हैं। पूरे साल पढ़ाई नहीं की और उसके बाद पार्टी के दिन जो हमारे साथ हुआ उससे हम टूट गए हैं।''

''योगेश तू ही क्या हम भी टूट गए हैं। लेकिन एक बार आकाश का भी सोच ना? उससे अनजाने में ही सही इतनी बड़ी गलती हो गई है और माहिरा के भिलाई छोड़कर जाने का गम भी उसे अंदर-ही-अंदर खा रहा होगा।''

''हाँ एक दिन हम गए थे उसके घर। वो बहुत रो रहा था। सुनिधि दीदी भी उसे समझा-समझा कर थक गई हैं कि वो बस एक हादसा था।''

''इसीलिए बोल रही हूँ मैं। पहले तू ख़ुद को सँभाल थोड़ा और फिर धीरे से हम सब आकाश को सँभालेंगे।''

''हम सब मिल कर आकाश को तो सँभाल लेंगे, लेकिन हमारा क्या होगा? हमारा तो कैरियर चौपट हो गया ना? न राम मिले न माया।''

''तुझे भी सब मिलेगा। देखो क्रिकेट तो तू अच्छा खेलता ही है। लेकिन यहाँ मौकों की कमी है और उसमें भी तेरे कोच ने पैसों की दलाली कर दी। बेहतर होगा तू किसी दूसरे शहर में जाकर क्रिकेट खेलना चालू कर।''

''लेकिन घरवाले दूसरे शहर क्रिकेट खेलने थोड़ी जाने देंगे।''

उसके इसी सवाल का तो मैं इंतज़ार कर रही थी और मैं तुरंत ही बोल पड़ी।

''लेकिन पढ़ाई के लिए जाने देंगे ना ? देख मैंने पिछले पाँच साल के बोर्ड एग्ज़ाम के सवाल तैयार कर रखे हैं। मैं रोज़ तुझे उसे याद करने को बोलूँगी और तू बिना ज़्यादा दिमाग लगाए उसे याद करते जाना। अगर किसी भी तरह तू 75% अंक भी ले आया ना तो किसी अच्छे कॉलेज में मौका मिल सकता है।''

''देखो शिल्पा हमारे पास वैसे भी दिमाग कम है तो तुम जो बोलोगी वैसा ही हम कर लेंगे। और हाँ क्रिकेट तो कहीं से भी खेला जा सकता है। मैं फ़ालतू में ही इस चूतिये कोच के चक्कर में पड़ा रहा,'' योगेश की आँखों में थोड़ी उम्मीद जगी।

हम खुश थे कि योगेश थोड़ा तो समझ गया। उसने हमसे वादा किया कि वो आज ही जाकर आकाश से बात करेगा। उसके साथ मैं भी जाना चाहती थी लेकिन शायद अभी सिर्फ़ योगेश का जाना ही बेहतर था, क्योंकि वो भी उस दिन छत पर ही था और योगेश ही बेहतर तरीके से उसे समझा सकता था कि एक गलती के कारण पूरी ज़िंदगी ख़राब नहीं कर सकते। इसीलिए मैंने योगेश को आकाश को लेकर कल मेरे घर पढ़ाई करने के लिए आने को कहा। फिर मैं, खिलेश और राकेश अपने-अपने घर की तरफ़ चल पड़े।

~

''अबे ऐसा कब तक चलेगा आकाश। पढ़ाई-लिखाई छोड़ कर कुछ नहीं मिलने वाला है तुम्हें,'' योगेश ने कहा।

''पढ़ाई-लिखाई करके भी क्या हासिल कर लूँगा मैं ? एक माहिरा थी जो मुझसे बात नहीं करती है और भिलाई छोड़कर भी जाने वाली है। एक हमारा दोस्तों का ग्रुप था जो मेरी वजह से टूट गया। एक कमलेश है जो लकड़ी के सहारे चल रहा है। अब ऐसे में पढ़-लिख कर भी क्या करूँगा मैं ?'' आकाश ने उदासी से कहा।

''लेकिन तुम्हें आगे बढ़ना होगा साले। हम भी आगे नहीं बढ़ना चाहते थे लेकिन आज शिल्पा ने हमारे घर में आकर हमारा हौसला बढ़ाया। हम शिल्पा को यह वादा भी कर आए हैं कि कल से तुम और हम उसके घर पढ़ाई करने आ रहे हैं।''

"नहीं यार। मेरे से नहीं होगा। मैं जब भी तुम लोगों को देखता हूँ मुझे कमलेश का चेहरा ही दिखता है। जब तक मैं कमलेश से मिल नहीं लेता मुझे चैन नहीं आएगा। मैं उससे मिलकर माफ़ी माँगना चाहता हूँ।"

"ठीक है। हम उसका भी इंतज़ाम कर देंगे, लेकिन तुम्हें कल से शिल्पा के घर आना होगा।"

"ठीक है। मेरा मन नहीं है बिलकुल लेकिन अगर तुम बोल रहे हो तो मैं आऊँगा।"

और इस तरह से योगेश ने आकाश को मना लिया और वो लोग अगले ही दिन से मेरे घर पढ़ने के लिए आने लगे। आकाश वैसे तो हमारे साथ पढ़ता था, लेकिन अभी भी वो मानसिक रूप से बहुत टूटा हुआ था। मगर मैं खुश थी कि अधूरे मन से ही सही लेकिन वो पढ़ने लग गया है फिर से।

~

"एग्ज़ाम का सेंटर आ गया है। इस बार 2 सेंटर होंगे। ऐसे में आधी क्लास अलग जगह एग्ज़ाम देगी और आधी क्लास दूसरी जगह। वैसे आकाश और माहिरा का भी सेंटर अलग-अलग है," मैंने सबको बताया।

"और मेरे और कमलेश का?" आकाश ने पूछा।

"तुम दोनों का सेंटर एक ही है," मैंने आकाश को बताया।

"तब तो मैं उससे मिल सकता हूँ ना वहाँ?"

"नहीं आकाश वहाँ उससे मिलना और भी मुश्किल होगा, क्योंकि उसके लिए एक अलग कमरे की व्यवस्था की गई है ताकि वो आराम से बैठकर एग्ज़ाम दे सके। साथ-ही-साथ उसके एग्ज़ाम देने तक उसके घरवाले भी वहीं बाहर ही रहेंगे। ऐसे में हम सबका उससे मिलने का कोई चांस नहीं है," मैंने उसे इस बात की जानकारी दी।

"तब तो हम कभी मिल ही नहीं सकते उससे?" आकाश फिर से दु:खी हो गया था।

"मिल सकते हैं। हमें एक दिन एडमिट कार्ड लेने बुलाया गया है। उस दिन हम उससे मिल सकते हैं," राकेश ने कहा।

"लेकिन उस दिन भी तो कमलेश अपने पापा के साथ ही होगा ना?" मैंने संशय से पूछा।

"वो तू चिंता मत कर। इस बारे में मैं जोशी सर से बात करूँगा और उन्हें उसके पापा को थोड़ी देर के लिए बात करने के लिए मना लूँगा," आकाश ने कहा।

"हाँ ये सही रहेगा। लेकिन तब तक हमें घर पर ही पढ़ाई करनी होगी और हम जो नोट्स बनायेंगे वो भी हम चुपके से उसे दे देंगे," खिलेश ने भी अपना मत रखा।

उस दिन पहली बार मैंने आकाश को राहत की साँस लेते देखा था। लेकिन वो बेचैन था। कुछ बेचैनी कमलेश से माफ़ी माँगने को लेकर थी तो कुछ माहिरा की उसकी ज़िंदगी में ग़ैरमौजूदगी को लेकर। माहिरा को लेकर तो मैं कुछ नहीं कर सकती थी, लेकिन कमलेश से उसकी मुलाक़ात तो करा ही सकती थी और वो दिन आया जब हम एडमिट कार्ड लेने स्कूल गए थे।

आकाश को दूसरे सब स्टूडेंट्स ऐसी नज़रों से देख रहे थे जैसे उसने किसी का क़त्ल किया हो। सब आकाश से बात करने से कतरा रहे थे। आकाश भी सबसे नज़रें बचाकर जोशी सर के ऑफ़िस गया और उन्हें सारी बात बता दी। आकाश भी जोशी सर का फ़ेवरेट स्टूडेंट था, इसलिए उन्होंने सहर्ष ही इस बात के लिए हामी भर दी। इसी बीच माहिरा भी स्कूल आ गई लेकिन वो भी अपने पापा के साथ थी। मैं तो जाकर माहिरा से मिल आई, लेकिन आकाश चाहकर भी उससे मिल नहीं सकता था। माहिरा एडमिट कार्ड लेकर तुरंत ही चली गई। आकाश उसके जाने के बाद भी उसी के ख़यालों में खोया हुआ था। उसे क्लास के बाक़ी स्टूडेंट्स के बर्ताव से उतना दुःख नहीं हुआ था, जितना उसे माहिरा के अनदेखा करने से हुआ। उसकी आँखें भीग चुकी थीं। ऐसे में मैं आकाश के पास गई और उसका हाथ पकड़कर बोली, "आकाश, जब मोहब्बत कमज़ोरी बन जाए ना तो उस मोहब्बत को छोड़ देना ही मोहब्बत है।"

"हाँ शिल्पा। शायद तू सही बोल रही है। मुझे कमज़ोर नहीं होना है," आकाश ने दृढ़ स्वर में कहा।

इतने में कमलेश भी अपने पापा के साथ आ गया। अभी भी कमलेश के पैर में पट्टी बँधी थी। जब हमने उसे लाठी के सहारे धीरे-धीरे चलकर आते देखा तो सबकी आँखें भर आई थीं। ऐसा लगा जाकर उसे गले लगा लें। लेकिन उसके पापा के ग़ुस्से को देखते हुए किसी ने उसके पास जाने की हिम्मत नहीं की। कमलेश भी तिरछी नज़रों से हमें ही देख रहा था। ऐसे समय में जोशी सर

आकर कमलेश के पापा को अपने ऑफ़िस में ले गए और उन्हें बोर्ड एग्ज़ाम के दौरान कमलेश को जो अलग से सुविधाएँ दी जायेंगी उसके बारे में बताने लगे। हमारे पास ज़्यादा समय नहीं था। हम दौड़कर कमलेश के पास गए। आकाश कमलेश के पास जाकर उसके पैरों में गिर गया।

''मुझे माफ़ कर दे यार। मुझे मालूम है कि मेरी गलती माफ़ करने के लायक नहीं है लेकिन अपने इस दोस्त को माफ़ी दे दे।'' आकाश उसके पाँव में गिड़गिड़ाते हुए बोला।

''उठ जा भाई। ऐसा मत बोल। मैं भी बहुत ग़ुस्से में था,'' कमलेश ने कहा।

''पूरी गलती हमारी थी। न हम गलती से दारू पीते और न ये सब होता। हम तो तुमसे माफ़ी भी नहीं माँग सकते साले,'' योगेश रोते हुए बोल पड़ा।

''नहीं भाई। ऐसा मत बोलो। मैं भी अपनी पढ़ाई को लेकर इतना परेशान हो गया था कि किसी और का दर्द समझना ही नहीं चाहता था। माहिरा के भिलाई छोड़कर जाने की बात और तुम्हारे अंडर-19 टीम में सेलेक्ट न होने की बात तो मुझे कुछ दिनों पहले ही शिल्पा ने मैसेज करके बताई,'' कमलेश भी भावुक हो गया था।

''वो दर्द तेरे दर्द के सामने कुछ नहीं है यार,'' आकाश ने कहा।

''ठीक है लेकिन अब सब ठीक हो रहा है। वैसे आकाश मेरा पैर छोड़ दे यार। दर्द हो रहा है,'' कमलेश ने शरारती मुस्कान के साथ कहा।

उसके इतना बोलते ही हम सबके चेहरे पर मुस्कान आ गई थी। इतने में कमलेश के पापा वहाँ पहुँच गए थे और वो हमें कमलेश के साथ देखकर आग-बबूला हो उठे।

''तुम लोगों को क्या लगता है, कमलेश से माफ़ी माँगकर सब कुछ ठीक हो जाएगा? तुम लोगों की वजह से ही यह 10 दिनों तक आईसीयू में था। उन दिनों हमें यह भी नहीं पता था कि ये बच भी पाएगा या नहीं? दिन भर इसकी मम्मी रोती रहती थी। और अब भी अपाहिज़ बन गया है। डॉक्टर्स बोलते हैं कि 2-3 साल बाद ऑपरेशन हो सकता है और उसमें भी 15 लाख लग सकते हैं। ये कोई खेल नहीं है कि माफ़ी माँग कर सब कुछ ठीक कर लो।''

यह बोलकर वो कमलेश को अपने साथ ले गए। हम लोग संतुष्ट थे कि कम-से-कम कमलेश से मिलकर उसका हाल-चाल ले लिया। साथ ही

खिलेश ने उसे नोट्स थमा दिए थे। जहाँ तक कमलेश के पापा की बात रही तो वह अपनी जगह बिलकुल सही थे, क्योंकि वो अपने बच्चे को खोने वाले थे।

इसके बाद पढ़ाई करते-करते समय कैसे निकल गया पता ही नहीं चला। देखते-ही-देखते बोर्ड एग्ज़ाम भी आ गए थे और हम एक-एक करके सभी सब्जेक्ट के एग्ज़ाम देते जा रहे थे। लेकिन इन सबके बीच मैंने ध्यान दिया कि अभी भी आकाश के मन में कुछ चल रहा था और योगेश के साथ वो रोज़ इस बारे में बातें किया करता था। जिस दिन एग्ज़ाम ख़त्म हुआ, उस दिन सबने एग्ज़ाम के बाद थोड़ा रुकने का प्लान बनाया था। लेकिन आकाश और योगेश नदारद थे। न वो घर पहुँचे और न ही अनूप भैया की टपरी पर।

ऐसे में उनके साथ क्या हुआ ये मैं तो नहीं बता सकती, इसलिए अब इसके आगे मैं ये कहानी नहीं सुना रही हूँ। वैसे तो योगेश बहुत मूडी है लेकिन अगर उसका मन हुआ तो वह कहानी को आगे ले जायेगा।

हम पहुँचे गुरुद्वारा

हम योगेश हैं। दरअसल आकाश और हम ज़िन्दगी से परेशान हो गए थे। एक ओर हम अंडर-19 टीम में सेलेक्ट नहीं हो सके थे और दूसरी ओर माहिरा भिलाई छोड़कर जा चुकी थी। साथ-ही-साथ कमलेश की हालत के लिए तो हम दोनों ही ज़िम्मेदार थे। ऊपर से क्लास के स्टूडेंट्स का रवैया जले पर नमक का काम कर रहा था। वो तो भला हो शिल्पा का जिसने हमें अच्छे से पढ़ा-लिखा कर एग्ज़ाम देने के लायक बना दिया। लेकिन कमलेश के पापा की बात आज तक हमें याद थी। हम कमलेश के लिए कुछ करना चाहते थे, लेकिन क्या करना है और कैसे करना है इसका कोई आइडिया नहीं था हम लोगों को। लेकिन पहले हम भिलाई से दूर जाना चाहते थे जहाँ न वो पुराना ग्राउंड देख सकें जिस पर क्रिकेट खेला करते थे और न किसी अनूप भैया की टपरी हो। ऐसे में हम दोनों ने राकेश से कुछ पैसे माँगे और उन्हीं पैसों के भरोसे हम दोनों एग्ज़ाम ख़त्म होने के तुरंत बाद रेलवे स्टेशन आ पहुँचे थे।

कहते हैं अगर मंज़िल का पता हो तो रास्ता यूँ ही कट जाता है लेकिन हमें न मंज़िल का पता था और न ही रास्तों से कोई लगाव था। बस दूर जाना चाहते थे। इसीलिए छोटा-सा बैग पकड़ कर हम रेलवे स्टेशन आ पहुँचे थे। जहाँ हज़ारों मुसाफ़िर रोज़ कहीं-न-कहीं जाने के लिए ट्रेन पकड़ते हैं। लेकिन हमें तो बस बहुत दूर जाना था। जहाँ हम ख़ुद को भूल कर जी सकें।

शाम के 5 बजे छत्तीसगढ़ एक्सप्रेस प्लेटफ़ॉर्म पर आ चुकी थी। हम दौड़कर टिकट काउंटर पर गए और पूछा कि यह ट्रेन कहाँ तक जाएगी। टिकट काउंटर वाले ने भी पहले हमें संशय से देखा और फिर बताया कि अमृतसर इसका लास्ट स्टॉपेज होगा। बस फिर क्या था। हमने 2 टिकट जनरल क्लास के खरीद लिया और चढ़ गए ट्रेन में। ट्रेन में घुसते ही एक अजीब-सी बदबू आ रही थी। बैठना तो दूर खड़ा होना भी दूभर था। अगले ही स्टेशन हमने टीटी को पकड़ कर किसी स्लीपर कोच में कोई सीट दिलाने को कहा। उसकी बातचीत

से मुझे मालूम चल गया कि वो लखनऊ का है। बस फिर हमने जुगाड़ बिठा लिया। हम दोनों को उसने किसी तरह एक सीट दिलाई। सामने की सीट पर एक अंकल बैठे थे। अब हम तो ठहरे बातूनी और आकाश तो ख़ामोश ही हो गया था तो हमने सोचा क्यों ना अंकल जी से ही थोड़ा तीन-पाँच कर लिया जाए। लेकिन जब अंकल ने अपनी कहानी बताई तो हम तो हक्के-बक्के रह गए थे। दरअसल जो सीट हमें मिली थी वो उनकी ही थी। उनको और उनके बेटे को आज के ही दिन हरिद्वार-ऋषिकेश के टूर के लिए निकलना था।

उनकी पत्नी गुज़र चुकी थी तो वह अपने बेटे के साथ ऐसे ही टूर पर जाते रहते थे। इस टूर को लेकर भी पूरी तैयारियाँ हो चुकी थीं। लेकिन एक हफ़्ते पहले ही उनका बेटा एक एक्सीडेंट का शिकार हो गया। अब वो उसकी अस्थियाँ लेकर हरिद्वार में गंगा जी में विसर्जित करने जा रहे थे।

साला हम अपने अंडर-19 में सेलेक्ट न होने से रोते बैठे थे और यहाँ किसी का बेटा गुज़र गया है। आज मालूम चला कि दुनिया में गम सिर्फ़ उस बात का करना चाहिए, जिसे वापस न पाया जा सके और बाकी के गम तो सिर्फ़ अपनी नाकामयाबियों को छिपाने के बहाने हैं। इतना सब होने के बाद भी वो हारे हुए नहीं दिख रहे थे। उन्होंने बताया कि वहाँ एक गुरुद्वारा है जहाँ जाकर वो कुछ दिन अपनी सेवा देंगे।

"अंकल क्या हम भी आपके साथ वहाँ सेवा दे सकते हैं?" आकाश ने पहली बार अपना मुँह खोला।

"वाहेगुरु का द्वार सबके लिए खुला होता है बेटा। तुम लोग चल सकते हो मेरे साथ," अंकल ने आकाश का प्रस्ताव स्वीकार कर लिया।

वैसे तो हमने टिकट अमृतसर का लिया था, लेकिन शायद हमारी मंज़िल कुछ और ही थी। हम अंकल के साथ सहारनपुर स्टेशन पर उतर गए और वहाँ से हरिद्वार के लिए बस पकड़ ली। हम रात को हरिद्वार के उस गुरुद्वारे में पहुँच चुके थे। अगली सुबह हम 'हर की पौड़ी' में अस्थि विसर्जन के लिए पहुँच चुके थे। जब अंकल ने अपने बेटे की अस्थियाँ गंगा जी में विसर्जित कीं, तब वो फूट-फूट कर रो पड़े। इतने में आकाश भी चिल्लाकर रोने लगा। ऐसा लगा जैसे उसके मन का ग़ुबार निकल पड़ा था। मानो अपनी गलतियों को वो भी गंगा जी में विसर्जित करना चाहता था।

अंकल जैसे कितने ही लोग वहाँ अस्थियाँ विसर्जित कर पूजा-पाठ करा

रहे थे। हमें ज़्यादा समझ तो नहीं आया लेकिन यह बात हम समझ चुके थे कि जीवन में सुकून तभी मिलेगा जब हम किसी और की शांति और सुकून के बारे में सोचें। ठीक वैसे ही जैसे ये लोग अपने रिश्तेदारों के मरने के बाद भी उनकी आत्मा की शांति के लिए पूजा करवा रहे थे। आकाश और हमारे मन की बेचैनी में एकसमान वजह थी और वो था कमलेश। इसलिए हम दोनों ने तय किया कि हम कमलेश के लिए कुछ बड़ा करने का प्लान करे बिना हरिद्वार छोड़कर नहीं जाएँगे।

हम दोनों रोज़ सुबह उठकर गंगा जी में नहा-धोकर गुरुद्वारे के अंदर सेवा देने में लग जाते थे। कभी जूठे बर्तन धोना तो कभी जूतों को पॉलिश करना। कभी किसी बुज़ुर्ग के पैर दबाना तो कभी किसी बीमार आदमी को हॉस्पिटल लेकर जाना। बाक़ी बचे समय में हम कीर्तन में लग जाते। न यहाँ कोई हमें अपराधी भाव से देखता था और न ही हमें भिलाई की कोई बात याद आ रही थी। यहाँ तक कि हमारे मन का अपराध भाव भी धीरे-धीरे कम हो रहा था।

ज़िन्दगी ने हमारे साथ जो गुगली की थी, उसके बाद पहली बार हम ख़ुद को भूलकर दूसरों के बारे में सोच रहे थे।

दिन बीते, सप्ताह बीते और एक महीना कैसे गुज़र गया पता ही नहीं चला। समय का पहिया अप्रैल महीने की पहले सप्ताह में पहुँच चुका था। इस एक महीने में भिलाई में क्या हो रहा था इस बात की हम दोनों को कोई ख़बर नहीं थी। लेकिन हमें अपना पता था कि घर पहुँचने पर हमें बहुत कूटा जाएगा। साथ-ही-साथ क्रिकेट को भी हम भूल ही गए थे।

उसी दौरान इंडिया और न्यूज़ीलैण्ड का टेस्ट मैच चल रहा था। एक दिन जब हम गंगा जी के किनारे बैठे चाय की चुस्कियाँ ले रहे थे तभी हमने देखा कि एक लड़का इशांत शर्मा की बॉलिंग देखकर उसकी हू-ब-हू नकल कर रहा था। हमने आकाश को उसे दिखाकर कहा,

"देखो वो लड़का कितनी बढ़िया बॉलिंग कर रहा है।"

"हाँ देख रहा हूँ मैं। चलो उससे जाकर उसके बारे में पूछते हैं," आकाश ने कहा।

जब हम उसके पास गए तो उसने बताया कि वह ऐसे ही टीवी में खिलाड़ियों को देखकर क्रिकेट सीखता था। जब हमने उसे क्रिकेट कोचिंग के लिए बोला तो उसने बताया कि कोचिंग करने के लिए उसके पास पैसे नहीं हैं।

साथ-ही-साथ शहर की किसी अच्छी टीम में उसका सेलेक्शन इसीलिए नहीं हुआ, क्योंकि वो किसी कोचिंग की तरफ़ से नहीं खेलता था। उसकी कहानी इक़बाल फ़िल्म की तरह ही लग रही थी।

गंगा घाट से वापस आते-आते हम आकाश को आज दिन भर के काम के बारे में बता रहे थे। तभी आकाश बोल पड़ा,

"आज ही हम भिलाई वापस चलते हैं। मुझे अब सब कुछ समझ आ रहा है।"

"अबे क्या बोल रहे हो तुम ? क्या समझ आ रहा है ? हमें भी बताओ ?" मैंने उत्सुकता से पूछा।

"एक आइडिया आ गया है मन में। अभी बता नहीं सकता लेकिन अगर यह काम कर गया तो हम कुछ-न-कुछ तो कर लेंगे अपनी ज़िन्दगी में।" इतने दिनों के बाद हमने आकाश की आवाज़ में वापस वो जोश देखा।

हम यहाँ आकाश के लिए ही आए थे, इसलिए उसके वापस चलने की बात भी हम तुरंत मान गए। उस दिन हम एक नई उम्मीद के साथ वापस भिलाई जा रहे थे। हमें यह पता भी नहीं था कि आकाश के मन में क्या चल रहा है। लेकिन शायद इसे ही तो दोस्ती कहते हैं। इसके आगे की कहानी भी हमें बताने का मन है, लेकिन आकाश और हम आने वाले समय में हमारे ग्रुप के साथ इतना व्यस्त होने वाले हैं, जिसका अंदाज़ा भी आप लोग नहीं लगा सकते हैं। इसलिए आगे की कहानी उसे सुनाने देते हैं जो इस दौरान ज़्यादा कुछ नहीं करेगा लेकिन हम सब जो भी करेंगे उसी के लिए करेंगे। शायद अब आप लोगों को मालूम चल ही गया होगा। अच्छा तो अब हम चलते हैं कहानी की बागडौर उसे थमाकर।

3 साल बाद...

हमारा दूसरा अवतार

19 फरवरी 2011, क्रिकेट वर्ल्ड कप, इंडिया बनाम बांग्लादेश

"लो साला ये सचिन रन आउट हो गया। लगता है ये बुड़बक लोग 2007 के वर्ल्ड कप की हार से कुछ नहीं सीखे हैं," योगेश ने खिसियाते हुए कहा।

"नहीं लक एक बार साथ देता है। बार-बार नहीं। देखो सहवाग कितना मार रहा है। आज बड़ा स्कोर बनेगा। लिख कर रख लो," आकाश ने पूरे आत्मविश्वास से कहा।

"वो तो तुम सही बोल रहे हो साले। उस वर्ल्ड कप में न टीम इंडिया के दिन अच्छे चल रहे थे और न हमारे। लेकिन अब हम मज़बूत है और हर चुनौती से लड़ने के लिए तैयार हैं।"

"हाँ वही। बस यह टीम इंडिया एक बार वर्ल्ड कप जीत जाए तो हमारा बिज़नेस भी दुगुनी रफ़्तार से आगे बढ़ जाएगा," आकाश ने उम्मीदपूर्वक कहा।

वैसे यह कहानी आज से चार साल पहले इंडिया और बांग्लादेश के साथ वर्ल्ड कप मैच से ही शुरू हुई थी और समय का पहिया वापस फिर उसी मोड़ पर आ गया था। लेकिन हम सब बदल चुके थे। परिस्थितियाँ बदल चुकी थीं।

हमारा रहन-सहन बदल चुका था। हम मैसेज के ज़माने को पीछे छोड़ते हुए व्हाट्स ऐप तक पहुँच चुके थे। सबसे ज़रूरी बात अब मुझे दाढ़ी भी आने लगी थी। मैं बालों में तेल की जगह जेल लगाने लगा था। और हाँ, मैं अब भी चश्मिश तो था लेकिन मेरा चश्मा भी फ्रेमलेस हो गया था। जी हाँ दोस्तों, मैं कमलेश हूँ।

वही कमलेश जो एक समय में हमारा ग्रुप छोड़ने की बात करता था। जिसे लगने लगा था कि ग्रुप में सबको अपनी ही पड़ी है। लेकिन इन तीन सालों में मुझे समझ आ गया कि दोस्ती सिर्फ़ फ़िल्मों में जय और वीरु की तरह ही नहीं होती है, बल्कि उससे भी बढ़कर निभाई जाती है। मैं यह नहीं कहूँगा कि ये

लोग दुनिया के सबसे अच्छे दोस्त हैं लेकिन हाँ मेरी दुनिया को वापस खूबसूरत बनाने में इनका बहुत बड़ा योगदान है।

एक मिनट, मुझे पता है कि आप लोगों को कुछ समझ नहीं आ रहा होगा कि इन तीन सालों में ऐसा क्या हो गया? तो चलिए मैं आपको इन तीन सालों का विवरण जल्दी-जल्दी दे देता हूँ। जल्दी-जल्दी इसलिए क्योंकि कहानी यहाँ से बहुत दिलचस्प होने वाली है। तो मैं जल्दी से पिछली बातों को बताकर कहानी को आगे बढ़ाऊँगा।

जब आकाश और योगेश हरिद्वार से वापस भिलाई लौटे तब तक माहिरा भिलाई छोड़कर जा चुकी थी। उसने अपना नंबर भी बदल दिया था और वो नंबर किसी को भी नहीं दिया था। योगेश की उम्मीद के अनुसार उसके घर में उसको ख़ूब डाँटा गया लेकिन आकाश के घर में उसे बहुत प्यार से समझाया गया। शिल्पा आकाश के जाने से नाराज़ तो थी लेकिन उसके वापस आने से बहुत खुश भी थी। खिलेश और राकेश जो अपने घर में ही दुबक कर रहने लगे थे वो भी योगेश के घर जाकर आकाश के प्लान का हिस्सा बनने लगे थे। शिल्पा ने जब आकाश के प्लान के बारे में जाना तो पहले तो उसके मन में बहुत से संशय थे। लेकिन आकाश के लिए वो भी उसके प्लान का हिस्सा बनने को तैयार हो गई।

इससे पहले मैं आकाश के उस प्लान के बारे में कुछ बोलूँ मैं यह बता देना चाहता हूँ कि उसने यह प्लान सिर्फ़ मेरे लिए बनाया था। जिससे वह मेरे ऑपरेशन के लिए पैसों का इंतज़ाम कर सके। लेकिन कहते हैं ना कि आप दूसरों की मदद करने जाओ तो भगवान आपकी मदद ख़ुद कर देता है।

तो हुआ ऐसा कि जब ट्वैल्थ बोर्ड का रिज़ल्ट आया तो माहिरा ने 91% नंबरों के साथ हमारी क्लास में टॉप किया था। जी हाँ, वो शिल्पा को भी पीछे छोड़ चुकी थी। शिल्पा क्लास में 89% के साथ दूसरे नंबर पर थी और आकाश का तो बोलना ही क्या? वो क्लास के टॉप 10 में भी नहीं था। कुल मिलाकर उसके 77% नंबर आये थे। खिलेश और राकेश भी उसी के आस-पास थे। योगेश जिसके पास होने की उम्मीद किसी को नहीं थी, वह चमत्कार करते हुए 61% के साथ फ़र्स्ट डिवीज़न से पास हो गया था।

जब बात कॉलेज सेलेक्ट करने की आई तब सबको उनके नंबर के अनुसार कॉलेज मिलना था। लेकिन यहीं पर दोस्ती ने अपना जादू सब पर

बिखेर दिया। आकाश के नंबरों के अनुसार जो कॉलेज आकाश को मिल सकते थे ठीक उसी कॉलेज को शिल्पा ने भी काउंसलिंग लिस्ट में डाला। बल्कि शिल्पा को बहुत आसानी से उससे बेहतर कॉलेज मिल सकता था। खिलेश और राकेश के नंबर तो आकाश के आस-पास ही थे, लेकिन राकेश के पापा उसे पैसों के दम पर रिहायशी कोटे से एक अच्छे कॉलेज में एडमिशन दिलाना चाहते थे। लेकिन राकेश ने थोड़ा तिकड़म लगाकर आकाश के कॉलेज में ही एडमिशन ले लिया और एडमिशन के बचे पैसों को अपने पास रख लिया। योगेश के नंबर इन लोगों की तुलना में काफ़ी कम थे, इसलिए उसने एक छोटे से कॉलेज में प्राइवेट एग्ज़ाम का फ़ॉर्म भर दिया। जहाँ उसे ज़्यादा कॉलेज जाने की भी ज़रूरत नहीं थी।

अब बचा मैं। मेरे बोर्ड में 78% नंबर आए थे। ऐसे में मुझे भी आकाश वाला कॉलेज मिल सकता था, लेकिन घर वालों ने मुझे भिलाई छोड़कर जाने की इजाज़त नहीं दी। इसलिए मैं भिलाई के ही एक कॉलेज में एडमिशन लेकर पढ़ाई कर रहा था। आपको लग रहा होगा कि आकाश ने अगर भिलाई के कॉलेज में एडमिशन नहीं लिया तो फिर किस शहर में लिया?

चलिए पहले मैं शहर का नाम बता देता हूँ। वो शहर था—इंदौर। मध्य भारत के सबसे बड़े शहरों में से एक यह शहर अपने खाने-पीने के अलावा अब पढ़ाई-लिखाई के लिए जाना जाने लगा था। यहाँ न सिर्फ़ छोटे शहरों से लोग काम-काज की तलाश में आते थे बल्कि स्टूडेंट्स भी बेहतर पढ़ाई के लिए यहाँ आने लगे थे। आकाश और हमारा ग्रुप भी इंदौर पहुँच गया था, लेकिन उनका मकसद सिर्फ़ पढ़ाई करना ही नहीं था। वो लोग तो पढ़ाई के बहाने बिज़नेस करने आए थे।

चलिए अब मैं बता ही देता हूँ कि इन लोगों ने कैसे आकाश के प्लान को अंजाम देकर उसे एक अच्छे बिज़नेस का रूप दिया। दरअसल जब हरिद्वार में आकाश ने उस लड़के को बॉलिंग करते देखा और उसके बारे में जाना। उसी समय से आकाश के मन में यह चल रहा था कि ऐसे कितने की लड़के होंगे जो किसी अच्छे कोच की नज़र में नहीं होंगे और न ही उन्हें अपना टैलेंट दिखाने का कहीं मौका मिलता होगा। आने वाले समय में इंटरनेट की ताकत को समझते हुए आकाश ने एक छोटा-सा यू-ट्यूब चैनल बनाने का प्लान किया। जिसके माध्यम से देश भर के लड़के जो अच्छी बैटिंग या बॉलिंग कर लेते हैं,

वो उस चैनल में आकर अपना वीडियो आकाश को सेंड करते और आकाश उसे यू-ट्यूब चैनल में डाल देता। इसका फ़ायदा यह होता कि ये वीडियो क्रिकेट के जानकार के पास भी पहुँचता और वो उस लड़के को डायरेक्ट मिल सकते थे। आकाश का यह प्लान शुरू में तो ज़्यादा कारगर नहीं हो रहा था।

ऐसे में योगेश ने आइडिया दिया कि टेनिस बॉल से जो टूर्नामेंट होता है। उसमें भी अगर कोई अच्छा खेल रहा है तो उसका वीडियो भी चैनल में अपलोड किया जाए। धीरे-धीरे यह आइडिया काम करने लगा। उन्हें अलग-अलग टीम से खिलाड़ियों के बारे में जानकारी लेने के लिए मैसेज आने लगे। अब बस एक ही समस्या थी। कभी दिल्ली की कोई टीम भोपाल के किसी खिलाड़ी को अपनी टीम में खिलाने के लिए उसके बारे में जानने के लिए फ़ोन करती तो ऐसे में जब उनको पता लगता कि वो खिलाड़ी भोपाल का है तो वह निराश हो जाते।

ऐसा होते हुए करीब एक साल हो गया था। यू-ट्यूब में भी अच्छा ख़ासा फॉलोविंग बन गया था, लेकिन पैसे बहुत कम आ रहे थे। तब सबने एक कदम आगे जाकर इस बिज़नेस को नया आयाम देने का निर्णय लिया। अब इन वीडियो को अपलोड करने के लिए एक एप्लीकेशन बनवाई गई। उसके लिए जो पैसे लगे वो राकेश ने दिए। अब इस ऐप में जगह को भी फ़िल्टर लगा दिया गया, जिससे लोगों को नए खिलाड़ियों को खोजने में आसानी होने लगी। इसका फ़ायदा सबसे पहले हमारे योगेश को ही हुआ। उसे इंदौर के प्रतिष्ठित क्रिकेट कोचिंग सेंटर ने अपने यहाँ कोचिंग का ऑफ़र दे दिया।

ऐसे ही न जाने कितने ही और खिलाड़ियों को किसी-न-किसी क्रिकेट कोचिंग सेंटर से ऑफ़र आ रहे थे। साथ-ही-साथ छोटे-छोटे टूर्नामेंट वाले भी इस ऐप के ज़रिए ही नए-नए खिलाड़ियों को अपने टूर्नामेंट में खेलने के लिए बुला रहे थे। लेकिन अब आकाश इस बिज़नेस को बड़ा करना चाहता था, क्योंकि 2 अप्रैल को मेरा ऑपरेशन था। जिसका पूरा ख़र्च आकाश और योगेश अपनी कमाई से करना चाहते थे। वैसे तो मेरे पापा ने पैसों का इंतज़ाम कर लिया था, लेकिन आकाश अपनी उस गलती को ख़ुद ही सुधारना चाहता था।

इस बिज़नेस को बड़ा करने का इससे अच्छा मौका भी नहीं हो सकता था, क्योंकि वर्ल्ड कप शुरू हो चुका था और अगर इंडिया इस बार वर्ल्ड कप जीत जाता तो हर लड़का क्रिकेटर बनने का सपना देखता। इसी बहाने वो इस ऐप में भी आकर अपना टैलेंट दिखाता। जिससे यह ऐप दिन-दुगुनी और रात

चौगुनी गति से आगे बढ़ता। इसलिए यह वर्ल्ड कप आकाश और हम सब के लिए बहुत ही ज़्यादा महत्त्वपूर्ण हो गया था।

तो यह थी इन तीन सालों की पूरी कहानी। अब कहानी को मैं यहाँ से आगे बढ़ाता हूँ।

~

''अबे ये विराट कोहली को तो देखो। क्या ही पिटाई कर रहा है बॉलर्स की। साला धागा खोल दिया है, बांग्लादेश वालों का,'' योगेश ने पूरे उत्साह से कहा।

''मैंने तो पहले ही बोला था। ये पहले वाली इंडियन टीम नहीं है,'' आकाश ने पूरे आत्मविश्वास से कहा।

''देखो जब से मैच चालू हुआ है तब से ऐप में 47 नए वीडियो अपलोड हो चुके हैं,'' खिलेश ने ऐप दिखाते हुए कहा।

''हाँ और मैंने आज फ़ेसबुक पर हमारे ऐप का एड भी चला रखा है। उससे भी फ़ायदा हो रहा है हमको,'' राकेश ने भी अपने लैपटॉप को दिखाते हुए कहा।

''अगर सब कुछ सही रहा तो कमलेश के ऑपरेशन के आधे पैसों का तो हम ही जुगाड़ कर लेंगे,''आकाश ने उम्मीद से कहा।

''हाँ,बस उस साले का ऑपरेशन हो जाए तो उसे वापस से गुगली डालते देखना चाहते हैं हम,'' योगेश ने कहा।

''हो जाएगा रे। तू इतना सोच मत। अब तो कमलेश के घरवाले भी सामान्य हो गए हैं। मैं जब भिलाई गई थी तो कमलेश से उसके घर में मिल कर आई हूँ,'' शिल्पा ने योगेश को बताया।

''हाँ मुझे भी लगता है कि अब सब कुछ सही ही होगा,'' आकाश ने कहा।

''अच्छा सुनो तुम लोग। वैसे तो तुम लोग ठीक से कॉलेज आते नहीं हो और मुझे ही तुम लोगों की प्रॉक्सी लगानी पड़ती है। लेकिन हमारे कॉलेज में जो अगले महीने एक इंटर कॉलेज फ़ेस्ट हो रहा है, उसमें तुम लोगों को आना ही पड़ेगा। योगेश तू भी आना अपने कॉलेज की तरफ़ से,'' शिल्पा ने हमें कॉलेज की गतिविधियों की जानकारी दी।

"अब हम तो अपने कॉलेज ही नहीं जाते कभी तो तुम लोगों के कॉलेज क्यों आएँगे और वैसे भी हमें किसी फ़ेस्ट-वेस्ट में कोई दिलचस्पी नहीं है। हमें तो बस इस वर्ल्ड कप का फ़ायदा उठाकर हमारे ऐप को पॉपुलर करना है," योगेश ने अपनी और हम सबकी प्राथमिकता बताते हुए कहा।

"अरे बुद्धू, इसलिए ही तो बुला रही हूँ तुम सबको। पता है वहाँ कल्चरल प्रोग्राम के साथ-साथ क्रिकेट से संबंधित एक मेगा क्विज़ शो भी होने जा रहा है। जिसमें हमें एक स्पॉन्सर की ज़रूरत है। ऐसे में तुम लोग स्पॉन्सर बन जाओ।" शिल्पा ने एक बहुत ही अच्छा आइडिया दिया।

"हाँ ये तो सही आइडिया दिया तुमने। अगर वहाँ कोई बड़ी कंपनी आई तो हम उसे अपने ऐप के लिए फ़ंडिंग के लिए ही बोल सकते हैं," खिलेश ने भी अपना मार्केटिंग का दिमाग लगाया।

आकाश के इस बिज़नेस को लेकर सबकी भूमिका तय थी। योगेश जहाँ टैलेंटेड खिलाड़ियों के वीडियो को चुनकर उनका वीडियो राकेश को देता था। राकेश उन वीडियो को फ़ेसबुक और बाकी जगह एडवरटाइज़मेन्ट के रूप में चलाता था और जब उस वीडियो को देखकर कोई सम्पर्क करता तो उसे खिलेश हैंडल करता था। वहीं आकाश पैसों का पूरा हिसाब-किताब रखता था। शिल्पा को उनके इस बिज़नेस से कोई ख़ास लगाव नहीं था, लेकिन बिज़नेस करने वाले तो उसके दोस्त थे। इसलिए वो आकाश, खिलेश और राकेश की पढ़ाई-लिखाई का पूरा ख़याल रखती थी। उनके नोट्स से लेकर असाइनमेंट तक सब शिल्पा करके देती थी। इस प्रकार इन तीन सालों में सभी का दूसरा अवतार हो चुका था।

सपनों का विस्तार

सपने वो नहीं होते हैं जो आप रात को सोते समय देखते हैं। बल्कि सपने वो होते हैं जो हमें सोने नहीं देते।

हमारे देश के पूर्व राष्ट्रपति एपीजे अब्दुल कलाम की यह पंक्ति आकाश के कॉलेज हॉल में लिखी हुई थी। जिसे आकाश एकटक देखे जा रहा था। आज आकाश, खिलेश और राकेश अपने कॉलेज में फ़ेस्ट की तैयारी देखने आए थे। वो फ़ेस्ट की तैयारियों का जायज़ा लेकर यह तसल्ली करना चाहते थे कि उनके ऐप के स्पॉन्सर करने के लिए यहाँ पर्याप्त भीड़ होगी।

उन्होंने देखा कि वर्ल्ड कप चलने के कारण क्रिकेट के क्विज़ वाले इवेंट को काफ़ी तरजीह दी जा रही थी। एक बड़ा-सा स्टेज अलग से बनाया गया था और वहाँ पर स्पॉन्सर के नाम को दिखाने के लिए एक डिजिटल स्क्रीन भी लगाई गयी थी।

"अबे शिल्पा हमें बता रही थी कि कम-से-कम 100 कॉलेज के स्टूडेंट्स आएँगे। ऐसे में हमें तो इनका ताम-झाम बढ़िया लग रहा है। साथ-ही-साथ दिल्ली आईपीएल टीम का कोई लोकल खिलाड़ी जज बनकर आ रहा है। मुझे लगता है हमें थोड़ी जेब ढीली करने का बहुत फ़ायदा मिल सकता है," योगेश ने आकाश को कहा।

"हाँ, मुझे भी कुछ ऐसा ही लग रहा है। इस क्विज़ की स्पॉन्सरशिप टीम को सँभालने वाला लड़का शिल्पा का अच्छा दोस्त भी है। ऐसे में हम शिल्पा से बात करके स्पॉन्सरशिप की रकम थोड़ी कम भी करा सकते हैं," आकाश ने अपना दिमाग लगाया।

"बस साला ये इंडियन टीम भी थोड़ा अच्छा खेलने लग जाए ना तो मज़ा ही आ जाएगा। इंग्लैंड से बड़ी मुश्किल से तो मैच टाई करवाया है। वरना उस पीयूष चावला ने मैच हराने का पूरा प्लान कर लिया था," योगेश ने थोड़ा गुस्सा होते हुए कहा।

''अच्छा है ना? 2003 में भी हमारी टीम की कमज़ोर ही शुरुआत रही थी, लेकिन हम फ़ाइनल तक गए थे। इस बार भी ऐसी चीज़ें होना ज़रूरी है,'' खिलेश ने टोटका बताते हुए कहा।

''वैसे दूसरे कॉलेज की लड़कियों की चहल-पहल तो काफ़ी दिख रही है यहाँ।'' राकेश ने उन लड़कियों की ओर इशारा करते हुए कहा जो किसी इवेंट के लिए रजिस्ट्रेशन कराने आई थीं। सभी लोग क्रिकेट की बात छोड़ उसी तरफ़ देखने लगे।

''अब बस भी करो। फ़ेस्ट वाले दिन इससे भी ज़्यादा सुंदर लड़कियाँ आएँगी,'' शिल्पा पीछे से आकर बोली।

''अरे तू कब आई? हमने तो तुझे देखा ही नहीं?'' आकाश ने पूछा।

''कहाँ से देखोगे। जब तुम लोगों का ध्यान उन लड़कियों की तरफ़ था। वैसे मैंने तुम लोगों को देख लिया था, जब तुम लोग क्लास के सामने से गुज़र रहे थे,'' शिल्पा ने कहा।

''अच्छा, सर ने कुछ पूछा तो नहीं हम सबके बारे में?'' खिलेश ने पूछा।

''पूछा कुछ नहीं लेकिन बोल रहे थे कि अपने दोस्तों को थोड़ा पढ़ने-लिखने के लिए भी बोला करो,'' शिल्पा ने बताया।

''पढ़ लेंगे। बस एक बार वर्ल्ड कप निपट जाए और पता है कमलेश का ऑपरेशन भी 2 अप्रैल को होगा। ठीक वर्ल्ड कप के फ़ाइनल वाले दिन,'' राकेश ने खुलासा किया।

''क्या बोल रहा है तू? तुझे किसने बताया?'' आकाश ने हैरानी से पूछा।

''मेरे पापा के दोस्त कमलेश के पापा के भी दोस्त हैं। उन्हीं ने बताया कि उसे ऑपरेशन के लिए इंदौर लाने वाले हैं,'' राकेश ने कहा।

ज़िन्दगी भी हमारे साथ अजीब ही गुगली कर रही थी। जहाँ पिछले तीन सालों से मैं अपने ग्रुप से मिलने के लिए भिलाई में तरस रहा था, ऐसे में अब मुझे ऑपरेशन के लिए इंदौर ले जाया जा रहा था। मैं खुश था कि अपने ऑपरेशन से पहले पूरे ग्रुप से एक बार मिल लूँगा और ऑपरेशन के बाद फिर से अपने ग्रुप का भज्जी बनकर बॉलिंग करूँगा। जब भी मैं हमारा ग्रुप बोलता था मुझे माहिरा का भी ख़याल आता था। भले ही वो हमारे साथ 7-8 महीने ही रही लेकिन उन दिनों में हम सबने बहुत ज़्यादा मज़े किए। अब किसी को भी पता नहीं था कि माहिरा भिलाई छोड़कर कहाँ चली गई और मेरे हादसे के बाद

तो आकाश भी जैसे उसे भूल ही गया था।

लेकिन अगर कहानी में हीरोइन की वापसी न हो तो कहानी पूरी कैसे होगी? आज भी सब लोग कैंटीन में बैठकर शिल्पा के दोस्त से मिलकर स्पॉन्सरशिप की रकम तय कर रहे थे। उसने बताया कि फ़ेस्ट तीन दिनों का होगा। क्रिकेट वाला क़्विज़ दूसरे दिन चालू होगा। पहले राउंड में कुल 50 टीमें हिस्सा लेंगी। जिसमें से 10 टीमें फ़ाइनल राउंड के लिए सेलेक्ट होंगी। इन 10 टीमों का मुकाबला तीसरे दिन फ़ाइनल में होगा।

क़्विज़ की बातें चल ही रही थीं तभी आकाश की नज़र किसी को एकटक देख रही थी। आकाश को खोया देखकर सब उसकी तरफ़ देखने लगे। सबने देखा कि वो दूसरे कॉलेज की लड़कियाँ जो डांस कॉम्पीटीशन के लिए आई थीं उनकी तरफ़ देख रहा था।

"आकाश तेरा मन नहीं भरा लड़कियों को देखकर?" शिल्पा ने थोड़ा गुस्सा होते हुए कहा।

"सुन वो लड़की तुझे माहिरा जैसी नहीं लग रही है क्या?" आकाश ने बस स्टैंड पर खड़ी हुई एक लड़की को दिखाते हुए कहा।

"क्या पागल हो गया है? वो कहाँ से आएगी?" शिल्पा ने आश्चर्य से कहा।

"अरे चल ना पास चल कर देखते हैं। मुझे वही लग रही है," आकाश अब बेचैन हो गया था।

आकाश दौड़ते हुए बस स्टैंड की ओर भागा। उसके पीछे राकेश और योगेश भी भागने लगे। जब तक आकाश वहाँ पहुँचा वो लड़की बस में चढ़कर निकल चुकी थी। आस-पास के लोगों ने बताया कि वो बस राजवाड़ा की ओर जा रही थी। आकाश भी अगली बस में चढ़ गया और निकल गया। यहाँ राकेश और योगेश वापस आकर शिल्पा के दोस्त से बातें करने लगे। जब थोड़ी देर बाद आकाश वापस आया तो खिलेश चिढ़ते हुए बोल पड़ा,

"देख रही हो शिल्पा। कोई एक लड़की इसे माहिरा जैसी क्या दिख गई; ये मीटिंग छोड़कर भाग गया। अगर सच में माहिरा ही होती तो ये बिज़नेस भी छोड़कर भाग जाता।"

"अरे सॉरी भाई। मुझे वो बिलकुल माहिरा जैसी ही लगी इसलिए मैं अगली बस लेकर चला गया था," आकाश ने सफ़ाई दी।

"फिर क्या वो माहिरा थी?" राकेश ने पूछा।

"नहीं यार। उस बस में तो वही लड़कियाँ थीं जो थोड़ी देर पहले हमारे कॉलेज में किसी इवेंट के लिए रजिस्ट्रेशन करा रही थीं," आकाश ने उदास होते हुए कहा।

"चल कोई नहीं। उसकी बात छोड़ और अब स्पॉन्सरशिप की बातों पर ध्यान दे," शिल्पा ने कहा।

"हाँ,आप स्पॉन्सरशिप की सही रकम बता दीजिए," आकाश ने शिल्पा के दोस्त से पूछा।

"वैसे तो हम प्रीमियम का दो लाख लेते हैं लेकिन आप लोग हमारे कॉलेज के ही हो और आपका ऐप भी फ़ेमस हो रहा है। इसीलिए एक लाख ही दे दीजिए," उसने कहा।

"अबे, मतलब हमें ही बकरा बनाओगे? साला मतलब हमें छोड़कर ये सब तो तुम्हारे ही कॉलेज के हैं। फिर भी हमें इतना बड़ा चूना लगाओगे?" योगेश थोड़ा गुस्से में बोला।

"अरे नहीं सर। ये हमारे इवेंट का फ़ेसबुक पेज देखिए। एक लाख लाइक्स हैं और करीब 10000 लोगों ने इस साल के इवेंट के लिए 'इंटरेस्टेड' मार्क कर रखा है। इवेंट थोड़ा नज़दीक आते ही और भी ज़्यादा लोगों तक पहुँच जाएगा," उसने समझाते हुए कहा।

"अबे ये फ़ेसबुक-वेसबुक हमें नहीं समझ आता। हमारा तो अकाउंट भी नहीं है उसमें," योगेश ने कहा।

"ठीक है। हम देखकर बताते हैं।" आकाश ने योगेश को बीच में रोकते हुए कहा।

सब लोग मीटिंग ख़त्म कर घर आ चुके थे। आकाश,योगेश, खिलेश और राकेश जहाँ एक साथ रहते थे तो शिल्पा वहीं पास में ही गर्ल्स हॉस्टल में रहती थी।

~

"भाई इस इवेंट में आने के लिए तो बहुत-सी सुंदर लड़कियों ने फ़ेसबुक में 'गोइंग' मार्क करके रखा है," राकेश ने अपने फ़ेसबुक अकाउंट से इवेंट का

फ़ेसबुक पेज दिखाते हुए कहा।

''हाँ, तुम्हें तो सब मालूम होगा। दिन भर फ़ेसबुक जो चलाते रहते हो,'' योगेश ने कहा।

''फ़ेसबुक चलाता हूँ, तभी जाकर हमारे ऐप के पेज को इतने लाइक्स मिले हैं और तेरी बॉलिंग भी फ़ेसबुक पर पहले फ़ेमस हुई। तब जाकर अकेडमी वालों ने तुझे अपने क्रिकेट कोचिंग सेंटर में बुलाया,'' राकेश ने उसे ताना मारते हुए कहा।

''ठीक है बे। तुम देख लो ठीक से। अगर जमता है तो लगा देंगे पैसे। मुझे तो बस अपने क्रिकेट से ही मतलब है,'' योगेश ने कहा।

चूँकि राकेश ही ऐप की पूरी मार्केटिंग देखता था, इसलिए वह फ़ेसबुक में काफ़ी एक्टिव था। वैसे उसकी गर्लफ्रेंड से तो आज भी उसकी रिलेशनशिप उतनी ही अच्छी थी लेकिन फ़ेसबुक में सुन्दर लड़कियों को देखकर उसे फ्रेंड-रिक्वेस्ट भेजने में राकेश संकोच नहीं करता था।

राकेश आज भी फ़ेसबुक में उन लड़कियों की प्रोफ़ाइल देख रहा था, जिन लड़कियों ने इस इवेंट के लिए 'गोइंग' और 'इंटरेस्टेड' मार्क करके रखा था। तभी उसका ध्यान एक लड़की के प्रोफ़ाइल पर गया। लड़की ने अपना नाम 'माहीं' बस लिखकर रखा था। साथ में उसकी प्रोफ़ाइल जिसमें पिक्चर वो पीठ करके खड़ी थी। मतलब उसका चेहरा नहीं दिख रहा था। वो फ़ोटो किसी पहाड़ी की थी। बस फिर क्या था? राकेश ज़ोर से चिल्लाया।

''आकाश, जल्दी इधर आ भाई। बहुत बड़ी बात है।''

''क्या हुआ? इतना क्यों चिल्ला रहा है? फिर कोई सुन्दर लड़की दिख गई क्या?'' आकाश ने उसकी बातों पर ज़्यादा ध्यान न देते हुए कहा।

''अबे इधर तो आ? और सब लोग यहाँ आ आओ,'' राकेश ने फिर से चिल्लाकर सबको बुलाया।

''क्यों चरस बो रहे हो बे ज़िंदगी में? क्या हुआ बोलो?'' योगेश ने पूछा।

''पहले सबको आने दो। फिर बताता हूँ,'' राकेश ने थोड़ा रहस्य बनाते हुए कहा।

जब सब लोग उसके पास आ गए तब राकेश अपना लैपटॉप सबकी तरफ़ करते हुए बोला,

''ये माहिरा ही है ना ?''

''साले ये कोई माहीं नाम की लड़की है और उसका चेहरा भी नहीं दिख रहा...'' योगेश इतना ही बोल पाया था कि आकाश बोल पड़ा,

''भाई ये माहिरा ही है। मैंने ही ये फ़ोटो ली थी। जब हम डोंगरगढ़ में माँ बम्लेश्वरी के मन्दिर गए थे,'' आकाश ख़ुशी से उछल पड़ा था।

आकाश का शक सही था। उस दिन वो लड़की और कोई नहीं माहिरा ही थी। ये वही माहिरा थी जिसे आकाश भूलकर भी नहीं भूल पाया था। वही माहिरा जिसके पीछे आकाश उस दिन पागलों के जैसे भाग कर गया था, लेकिन उस दिन वो अचानक से कहाँ गायब हो गई ? यह पता करने के लिए राकेश ने उसका प्रोफ़ाइल खोला।

'आकाश का सूनापन मेरे तन्हा मन में'

उसके प्रोफ़ाइल बायो में ऐसा लिखा होना और माहिरा की जगह माहीं नाम लिखना ये साबित करता था कि वो आज भी आकाश को नहीं भूल पाई थी। उसके प्रोफ़ाइल में उसकी कोई भी फ़ोटो नहीं थी। लेकिन कभी-कभी वो गज़लें और शायरी शेयर किया करती थी। प्रोफ़ाइल देखकर ऐसा लग रहा था कि वो बहुत कम ही फ़ेसबुक का उपयोग करती थी। सबसे ज़रूरी बात कि कोई भी म्यूचुअल फ्रेंड नहीं था उसके और राकेश के बीच। जबकि हमारे ट्वैल्थ क्लास के कम-से-कम 50 लोग तो उस समय फ़ेसबुक उपयोग कर ही रहे थे। इसका मतलब यह था कि माहिरा भिलाई के किसी भी व्यक्ति के साथ संपर्क में नहीं थी। अब राकेश को यह पता करना था कि वो किस कॉलेज से थी और कौन से इवेंट के लिए रजिस्ट्रेशन कराने आई थी।

''अबे एक काम करो। उसे तुम रिक्वेस्ट भेज दो,'' योगेश ने राकेश से कहा।

''नहीं राकेश। मत भेजो अभी,'' आकाश ने संशय से कहा।

''अबे, बौरा गए हो क्या ? रोज़ तो उसे याद करते हो। आज जब मिली है तो रिक्वेस्ट भेजने में क्या प्रॉब्लम है तुमको ?'' योगेश ने कहा।

''योगेश तुम समझ नहीं रहे हो। आज तक उसने कभी ख़ुद हमसे बात करने की कोशिश नहीं की। क्या पता वो हम लोगों से बात ही नहीं करना चाहती हो ?'' आकाश ने भारी मन से कहा।

''हाँ, आकाश सही बोल रहा है। पता है वो मुंबई वाली लड़की को मैंने

फ़ेसबुक में खोजकर रिक्वेस्ट भेजी तो उसने मुझे ब्लॉक कर दिया,'' खिलेश ने अपना दुखड़ा सुनाया।

उसका इतना बोलना था कि सब-के-सब ठहाका मारकर हँस पड़े।

अभी तक जो फ़ेस्ट सबके लिए ऐप के प्रचार का ज़रिया भर था। अब उसी फ़ेस्ट के सभी इवेंट के लिए सबकी दिलचस्पी चरम पर थी। सबको लग रहा था कि इसी बहाने माहिरा मिल जाएगी और आकाश के दिल में जो बेचैनी और चेहरे पर जो उदासी तीन सालों से है वो ख़त्म हो जाएगी।

राकेश को माहिरा के प्रोफ़ाइल पर न तो माहिरा के कॉलेज का पता लगा और न ही किसी और चीज़ का। ऐसे समय में शिल्पा ही सबकी मदद कर सकती थी। आकाश ने शिल्पा को कॉल किया और उसे तुरंत आने के लिए कहा।

~

''क्या? माहिरा हमारे कॉलेज आई थी? और हमें पता भी नहीं चला?'' शिल्पा ने हैरानी से पूछा।

''हाँ, उस दिन जिस लड़की को मैंने देखा वो माहिरा ही थी। देख उसका फ़ेसबुक प्रोफ़ाइल।'' आकाश ने शिल्पा को उसका फ़ेसबुक प्रोफ़ाइल दिखाया।

''अरे हाँ ये तो माहिरा ही लग रही है। लेकिन देख फ़ेस्ट के पहले और दूसरे दिन कम-से-कम 5000 स्टूडेंट्स कैंपस में होंगे। तीसरे दिन कम-से-कम 10000 स्टूडेंट्स होंगे, क्योंकि डीजे नाईट भी है और तुम्हारे क्रिकेट क्विज़ के लिए जो आईपीएल टीम का प्लेयर आ रहा है उसकी वजह से भी काफ़ी भीड़ बढ़ने की उम्मीद है। ऐसे में अगर वो आई भी तो हम उसे नहीं ढूँढ़ पाएँगे,'' शिल्पा ने फ़ेस्ट की पूरी जानकारी देते हुए कहा।

''लेकिन हम एक तरीक़े से उसे खोज सकते हैं?'' राकेश ने बताया।

''कैसे?'' सबने एक सुर में पूछा।

''देखो उस दिन जिन लड़कियों का ग्रुप आया था। शायद वो उन्हीं के साथ होगी। अगर हम उनका कॉलेज मालूम कर लें तो पता चल जाएगा,'' राकेश ने कहा।

''ठीक है रुको। मैं मालूम करती हूँ,'' ऐसा बोलकर शिल्पा ने अपने एक दोस्त को कॉल किया।

शिल्पा ने बताया कि उस दिन जो लड़कियों का ग्रुप आया था, उनमें से किसी भी लड़की का नाम माहिरा नहीं था। न ही उनके कॉलेज में कोई माहिरा नाम की लड़की है। यह सुनकर सब लोग उदास हो गए थे।

''शिल्पा जितने लोगों ने भी किसी भी इवेंट के लिए रजिस्ट्रेशन करवाया, क्या तुम उन सब स्टूडेंट्स का नाम निकलवा सकती हो ?'' आकाश ने सुझाव दिया।

''आकाश ये बहुत ही मुश्किल काम होगा। क्योंकि हर इवेंट को सँभालने वाले स्टूडेंट्स अलग हैं और लगभग 50 से ज़्यादा इवेंट्स हैं। ऐसे में सबका नाम निकालना मुश्किल होगा,'' शिल्पा ने अपनी असमर्थता जताते हुए कहा।

''कुछ तो कर यार शिल्पा। कैसे भी मुझे एक बार ही सही माहिरा से मिलना है।'' आकाश ने बड़ी उम्मीद से शिल्पा को बोला।

''एक काम हो सकता है। जिस दिन फ़ेस्ट चालू होगा। उस दिन सुबह कंप्यूटर लैब में सारे इवेंट में भाग लेने वाले स्टूडेंट्स का आईडी कार्ड बनाया जाएगा। तो उस वक़्त हम वहाँ जाकर देख सकते हैं। चूँकि आईडी कार्ड अल्फ़ाबेटिकल ऑर्डर में बनेगा तो हमें बस 'एम' से शुरू होने वाले आईडी कार्ड्स पर नज़र रखनी होगी,'' शिल्पा ने एक सटीक प्लान बताया।

''वाह यार शिल्पा। हम ऐसे ही तुम्हें हमारे ग्रुप का चाचा चौधरी थोड़ी ना बोलते हैं,'' योगेश ने शिल्पा की पीठ थपथपाते हुए कहा।

''और तू साबू है जिसके पास कोई दिमाग नहीं है,'' शिल्पा ने उसे चिढ़ाते हुए कहा।

उन दोनों की नोकझोंक के बीच आकाश ख़ुशी से फूला नहीं समा रहा था। आख़िरकार तीन सालों के बाद वो उसे देखने जा रहा था।

क्या वो अभी भी वही चश्मा लगाती होगी ? क्या उसके बाल अभी भी उतने ही लम्बे होंगे ? क्या वो मुझे अभी भी प्यार करती होगी ?

न जाने ऐसे कितने ही सवाल आकाश के मन में चल रहे थे। उधर स्पॉन्सरशिप के लिए भी सबने अपनी सहमति दे दी थी। वर्ल्ड कप चलने के कारण बहुत सारे प्लेयर्स रोज़ अपने वीडियो ऐप में अपलोड कर रहे थे और

वो किसी-न-किसी टीम या क्रिकेट कोचिंग सेंटर में भी जगह पा रहे थे। अब सबको फ़ेस्ट के चालू होने का इंतज़ार था।

~

''अबे हम शुरुआती पाँच इवेंट के आईडी काड्र्स देखते हैं। बाक़ी के तुम देखो।'' योगेश ने आकाश से कहा।

''हाँ योगेश। शिल्पा वो कल वाले इवेंट्स के आईडी काड्र्स तू अच्छे से चेक कर ले। खिलेश तू दरवाज़े के पास ही खड़ा रहना। किसी और ने देख लिया तो दिक्क़त हो जाएगी।'' आकाश उत्सुकता से सबको हिदायतें दे रहा था।

आज फ़ेस्ट का पहला दिन था। सब लोग कम्प्यूटर लैब में सुबह से ही आ गए थे। सभी बहुत खुश थे। वो सब एक-एक करके हर इवेंट का आईडी कार्ड चेक कर रहे थे। धीरे-धीरे करके सभी आईडी काड्र्स चेक करने के बाद भी उन्हें माहिरा नाम की किसी लड़की का कोई आईडी कार्ड नहीं मिला।

''कोई नहीं आकाश। क्या पता वो बस किसी अपने दोस्त के साथ आई होगी और शायद आज भी उसी के साथ आएगी,'' शिल्पा ने आकाश को उम्मीद दिलाते हुए कहा।

''हाँ यार, शायद ऐसा ही होगा,'' आकाश ने धीमे स्वर में कहा।

इतने में खिलेश दौड़कर आया और बताया कि योगेश का वीडियो उस आईपीएल प्लेयर ने देखा है। वो योगेश की बॉलिंग से बहुत ही प्रभावित है और उसे आज ही मिलने को बुला रहा है। यह एक बहुत ही अच्छी खबर थी, क्योंकि कल ही वो प्लेयर जज बनकर भी आ रहा था। ऐसे में उसका आज ही उसे बुलाना एक अच्छा संकेत था। योगेश जहाँ उनसे मिलने गया वहीं इधर बाकी लोग माहिरा को दिन भर तलाशते रहे। आकाश को वहीं हर लड़की में माहिरा का ही चेहरा नज़र आ रहा था। आकाश कभी पानी-पूरी वाले के पास जाकर देखता तो कभी डांस कॉम्पीटीशन वाले हॉल में। दिन भर में उसने कॉलेज के कम-से-कम दस चक्कर तो लगा ही लिए थे। राकेश और खिलेश कल की अपनी स्पॉन्सरशिप के लिए तैयारी कर रहे थे। शिल्पा तो अपने कुछ इवेंट्स में ही व्यस्त थी।

ऐसे में शाम को आकाश उदास होकर कैंटीन में चाय पीते हुए बैठा था। तभी योगेश पीछे से चिल्लाता हुआ आया।

"भाई आज तो गज़ब हो गया। कसम से भौकाल काट दिए हम तो?" योगेश ख़ुशी से बोला।

"भाई बता तो सही क्या हुआ वहाँ?" आकाश ने पूछा।

"देख कल जो प्लेयर आ रहा है ना उसी ने हमारा बॉलिंग का एक वीडियो जो ऐप में बहुत फ़ेमस है उसे अपने आईपीएल टीम के असिस्टेंट कोच को दिखाया। इसलिए ही उन्होंने मुझे आज बुलाया था। हमें उन्होंने नेट्स में बॉलिंग करने को बोला और हमने भी बॉलिंग से आग लगा दी," योगेश ने पूरी उत्सुकता से कहा।

"वाह तो क्या बोला उन्होंने? क्या वो तुझे अपनी आईपीएल टीम में खरीदेंगे।"

"देख उन्होंने बोला है कि वो इंडियन टीम के एक खिलाड़ी को खरीदने का सोच रहे हैं। लेकिन उनके पास अब बस 1.5 करोड़ बचे हैं। ऐसे में अगर इंडिया वर्ल्ड कप जीत जाता है तो इंडिया की टीम का कोई भी खिलाड़ी 1.5 करोड़ में तो नहीं खरीद सकते। तो उन्होंने कहा है कि अगर इंडिया वर्ल्ड कप जीत गया तो वो कुछ 8 से 10 लोकल हमारे जैसे खिलाड़ियों को खरीद लेंगे। और यहाँ तक कि उन्होंने हमारे से कुछ जगह साइन भी करा लिए हैं। अब बस इंडिया किसी तरह वर्ल्ड कप जीत जाए," योगेश ने पूरी बात विस्तार से बताई।

आज का दिन एक तरफ़ जहाँ आकाश के लिए नाउम्मीदी का दिन था तो दूसरी तरफ़ योगेश के सपनों को नए पंख लग चुके थे। इतने में ही राकेश भी चहकता हुआ आया। उसने बताया कि एक बहुत बड़ी कंपनी उनके ऐप के साथ टाई-अप के लिए मान सकती है और यहाँ भी उसका सम्बन्ध वर्ल्ड कप से ही हो गया था। दरअसल उस कंपनी का लोगो वर्ल्ड कप के बाद से ही इंडिया की टीम की जर्सी पर लगने वाला था। ऐसे में टीम इंडिया के वर्ल्ड कप जीतने पर उसके शेयर के दाम आसमान को छू जाते और वो अपने बिज़नेस को बढ़ाने के लिए ऐप के साथ टाई-अप कर लेते। मतलब अब वर्ल्ड कप के दिन योगेश का सेलेक्शन और ऐप का टाई-अप दोनों फ़ैसले एक साथ होने वाले थे। साथ-ही-साथ मेरा ऑपरेशन भी तो उसी दिन होने वाला था। इसलिए हम सबके लिए 2 अप्रैल एक खास दिन हो चला था।

वो तेरा इंतज़ार

इंतज़ार, एक ऐसा शब्द जिसके इर्द-गिर्द एक पूरी दुनिया होती है। किसान बारिश का इंतज़ार करता है तो घर में माँ अपने बेटे-बेटी के घर वापस आने का इंतज़ार करती है। कभी ये इंतज़ार कुछ दिनों का होता है तो कभी सालों का। लेकिन जब तक इंतज़ार होता है वो लोगों को हारने नहीं देता। इंतज़ार शायद रिश्ते में उम्मीद का छोटा भाई लगता है। फ़ेस्ट के दूसरे दिन आकाश भी माहिरा का इंतज़ार बड़ी बेचैनी से कर रहा था। बेचैनी इतनी थी कि उसका ऐप के प्रमोशन में ध्यान ही नहीं था। लेकिन राकेश, योगेश और खिलेश पूरी तरह सजग थे। वो तीनों आज सुबह से ही ऐप के प्रमोशन वीडियो को चलाकर देख रहे थे ताकि ऐन वक़्त पर कोई गलती न हो जाए।

''आज तो भीड़ कल से बहुत ज़्यादा है। लगता है सब क्रिकेट क्विज़ देखने ही आए हैं,'' खिलेश खुश होते हुए बोला।

''अबे बुड़बक, क्विज़ के पहले फ़ैशन शो भी है। ये जो लड़कों का हुजूम दिख रहा है ना, वो बस इन लड़कियों का फ़ैशन शो देख कर भाग जायेंगे और लड़कियाँ तो वैसे भी क्रिकेट में ज़्यादा दिलचस्पी लेती नहीं हैं तो बहुत ज़्यादा उम्मीद मत पालो,'' योगेश ने अपना पूरा ज्ञान उड़ेलते हुए बताया।

''हाँ और इंडिया भी आयरलैंड और नीदरलैंड से मुश्किल से ही तो जीत पाया। ऊपर से साउथ अफ्रीका के सामने तो हार ही गया,'' आकाश ने कहा।

''हाँ साला। इंडिया इसी तरह खेलता रहा तो न हम आईपीएल टीम में सेलेक्ट होंगे और न ही हमारे ऐप का टाई-अप हो पाएगा,'' योगेश ने खीझते हुए कहा।

''अरे ये सब छोड़ो। हमारे ऐप के फ़ेसबुक पेज पर कल वाली पोस्ट पर 5000 से भी ज़्यादा लाइक्स हैं। आज पक्का बहुत भीड़ आने वाली है,'' राकेश ने अच्छी खबर बताते हुए कहा।

''हाँ हमें उम्मीद नहीं छोड़नी चाहिए और आकाश तू माहिरा को खोजने

की उम्मीद भी मत छोड़। देखना वो मिल ही जाएगी,'' शिल्पा ने कहा।

''हाँ, हम लोग ऐप का सारा काम-धाम देख लेंगे। तुम बस माहिरा को पूरे कॉलेज के चप्पे-चप्पे में खोजते रहो,'' योगेश ने आकाश से कहा।

''हाँ यार। आज लग रहा है, वो मिल ही जाएगी,''आकाश ने कहा।

''चलो तुम लोग अपना काम देखो। मैं चली,'' शिल्पा ने कहा।

''अरे तुम कहाँ चलीं? हमारा क्विज़ नहीं देखोगी क्या तुम?'' राकेश ने पूछा।

''दरअसल कल एक एनजीओ आने वाली है। जो यहाँ आकर अपने एनजीओ के लिए कुछ डोनेशन माँगेगी। तो उसी के लिए मैम ने कुछ तैयारी करने के लिए बुलाया है,'' शिल्पा ने बताया।

''ठीक है। तू जा। जब क्विज़ चालू होगा तो मैं तुझे बुलाने आ जाऊँगा। तब तक मैं भी माहिरा को खोज लेता हूँ,'' आकाश ने शिल्पा से कहा।

अब सब लोग अपने-अपने काम में लग चुके थे। शिल्पा जहाँ उस एनजीओ के काम से चली गई तो राकेश, खिलेश और राकेश अपने ऐप के पोस्टर्स लगाने में लग गए। तो वहीं आकाश हर इवेंट में जाकर छान रहा था कि कहीं-न-कहीं उसे माहिरा का दीदार हो जाए। स्टूडेंट्स की भीड़ बढ़ती जा रही थी। ऐसे में आकाश की उम्मीदें धूमिल होती जा रही थीं। तभी आकाश ने लाउडस्पीकर पर आवाज़ सुनी।

''दोस्तों रॉयल कॉलेज के अनुज का मोबाइल भीड़ में कहीं गिर गया है। जिस किसी को भी मिले कृपया स्टेज के पास आकर जमा कर दें।''

आकाश का दिमाग चल गया। उसने सोचा कि अगर माहिरा के नाम को भी माइक से पुकारा जाए तो अगर माहिरा कॉलेज कैंपस में होगी तो ज़रूर चली आएगी।

आकाश का यह आइडिया अच्छा तो था लेकिन न उसे माहिरा का कॉलेज पता था और न ही वो इस बात को लेकर पक्का था कि वो किसी दोस्त के साथ आई होगी। ऐसे में वह माइक में क्या बोलकर उसको बुलाता ये बड़ी दिक्कत थी।

फिर भी 'मरता क्या न करता' आकाश स्टेज के पास गया। उसने माइक हाथ में लेकर बोलना चालू किया।

''मिस माहिरा, आप जहाँ कहीं भी हैं आपका कॉलेज एडमिनिस्ट्रेशन

इंतज़ार कर रहा है। कृपया आप जल्दी-से-जल्दी स्टेज के पास पहुँचें।''

आकाश का माइक में इतना बोलना था कि शिल्पा दौड़कर आकाश के पास पहुँची।

''ये क्या कर रहा है तू? पागल तो नहीं हो गया?'' शिल्पा ने गुस्से से कहा।

''तो क्या करूँ यार मैं शिल्पा? मेरे पास यही आखिरी हथियार था,'' आकाश ने अपनी असमर्थता जताते हुए कहा।

''अरे तो क्या ऐसे चिल्ला-चिल्ला कर पूरी दुनिया को बता देगा क्या? मैम पूछ रही थीं कि हमने तो किसी को बुलाया नहीं फिर ये कौन है जो किसी माहिरा को बुला रहा है? वो तो अच्छा हुआ मैंने सँभाल लिया,'' शिल्पा ने कहा।

''यार अब माइक पर उसे बुला ही लिया है तो देख भी लेते हैं ना? अगर वो आ गई तो मुझे ऐसा करने का कोई गम नहीं होगा,'' आकाश ने कहा।

''वैसे वो आ गई तो मैं भी खुश हो जाऊँगी। तू उसका इंतज़ार कर। मैं वापस जा रही हूँ,'' शिल्पा ने कहा।

शिल्पा के जाने के बाद आकाश स्टेज के पास बैठकर माहिरा का इंतज़ार करने लगा। हर लड़की जो स्टेज की तरफ़ आ रही थी वो उसे माहिरा जैसी ही दिखती थी। आधा घंटा हो जाने के बाद भी कोई नहीं आया और उधर क्विज़ चालू होने का भी समय हो गया था। आकाश शिल्पा को लेकर वहाँ पहुँच गया था।

उम्मीद के मुताबिक क्रिकेट के क्विज़ के लिए भी बहुत भीड़ थी। जैसे ही वो आईपीएल का खिलाड़ी स्टेज पर आया स्टूडेंट्स उसके नाम से हूटिंग करने लगे। वो अभी तक इंडिया की टीम के लिए नहीं खेला था फिर भी उसकी लोकप्रियता से कहीं से भी ऐसा नहीं लग रहा था। लगभग 50 कॉलेजों की टीमें भी आ चुकी थीं। क्विज़ चालू होने के पहले राउंड के बाद ऐप का प्रमोशन वीडियो चलाया गया। स्टूडेंट्स एकटक उसे देख रहे थे और जब वीडियो के ख़त्म होने पर स्टूडेंट्स ने ज़ोरदार ताली बजाकर अभिवादन किया तो सबको यह समझ आ गया था कि स्पॉन्सरशिप करने का निर्णय सही था। देखते-ही-देखते फ़ेस्ट का दूसरा दिन कैसे निकल गया, पता ही नहीं चला। आकाश को माहिरा तो नहीं मिली लेकिन ऐप बहुत पॉपुलर हो गया था।

आज फ़ेस्ट के आख़िरी दिन कॉलेज दुल्हन की तरह सजाया गया था। शाम को बॉलीवुड सिंगर का प्रोग्राम भी था। जिसमें तमाम बड़े लोग आने वाले थे। इसीलिए क्रिकेट क्विज़ का टाइम दोपहर को रखा गया था। आज आकाश माहिरा को खोजने को लेकर ज़्यादा उत्साहित नहीं था। उसने अपना पूरा ध्यान ऐप पर लगाया था। अब ऐप पर विज्ञापन आने से अच्छी-ख़ासी कमाई हो रही थी। साथ-ही-साथ अगर उस कंपनी से टाई-अप हो जाता तो ऐप का ब्रांड वैल्यू करीब 1 करोड़ हो जाता। ऐसे समय में आकाश ने अपनी पिछली गलती से सीखते हुए दिमाग से ही सोचना बेहतर समझा। आज फ़ाइनल में पहुँचीं 10 टीमों का क्विज़ होना था। दोपहर होने के बावजूद स्टूडेंट्स की संख्या में कोई कमी न थी। क्विज़ के बीच-बीच में दर्शकों में बैठे स्टूडेंट्स से कुछ सरल सवाल पूछकर उनको भी कुछ गिफ्ट्स दिए जा रहे थे। क्विज़ अपने चरम पर था। हर एक सही जवाब के साथ स्टूडेंट्स की हूटिंग बढ़ती जा रही थी।

इतने में शिल्पा को किसी का कॉल आया।

''अरे शिल्पा कहाँ जा रही है तू?'' आकाश ने पूछा।

''मैम का कॉल आया है। शाम को जिस बॉलीवुड सिंगर का प्रोग्राम होगा ना उसी के अंत में वो एनजीओ के लोग आकर अपने एनजीओ के लिए डोनेशन माँगेंगे। तो मैम उसी की तैयारी पूछने के लिए बुला रही हैं,'' शिल्पा ने बताया।

''अरे तू कल से इस एनजीओ के काम में लगी हुई है। आख़िर क्या काम करता है यह एनजीओ?'' आकाश ने पूछा।

''देख मुझे ज़्यादा तो नहीं पता लेकिन बच्चों की पढ़ाई-लिखाई को लेकर कुछ है। मुझे तो बस उसके लिए आज के प्रोग्राम में समय निकालना था,'' शिल्पा ने कहा।

''ठीक है। लेकिन हमारा क्विज़ ख़त्म होने वाला है। थोड़ा रुक जा। हम सब चलेंगे विनर को ट्रॉफ़ी देने। साथ में उस फ़ेमस आईपीएल प्लेयर के साथ फ़ोटो भी ले लेंगे,'' आकाश ने अपनी बात रखी।

''काश, चल सकती। लेकिन मुझे अभी जाना ही होगा। तुम लोग जाना और मेरी तरफ़ से उसे 'हाय' बोल देना। बहुत हैंडसम है वो। अब शाम को प्रोग्राम में ही मिलते हैं,'' इतना बोलकर शिल्पा चली गई।

इधर क्विज़ का अंत भी शानदार तरीके से हुआ। स्पॉन्सर होने के नाते

जब योगेश और बाक़ी लोग स्टेज पर गए तभी उस आईपीएल प्लेयर ने योगेश के कान में कहा कि बस तुम इंडिया टीम के वर्ल्ड कप जीतने की दुआ करो बाक़ी तुम मुझे नेट्स में बॉलिंग करने जा रहे हो। कहते हैं ना अगर दूसरों की मदद करो तो भगवान ख़ुद आपकी मदद करता है। आकाश ने गली-मुहल्लों के लड़कों का जलवा दिखाने के लिए इस ऐप के बारे में सोचा था और आज उसका सबसे अच्छा दोस्त योगेश ही एक बड़ी सफलता पाने से कुछ ही कदम दूर था।

ख़ैर क्विज़ के बाद सभी लोग थके हुए थे और वो जल्द-से-जल्द घर जाना चाहते थे। न उन्हें शाम को होने वाले प्रोग्राम में कोई दिलचस्पी थी और न ही उस बॉलीवुड सिंगर को देखने की। लेकिन शिल्पा ने सबको ज़बरदस्ती बुलाया था।

"क्या? सामने आना है हमें? स्पेशल पास रखा है तूने?" आकाश शिल्पा से बात कर रहा था।

"हमें नहीं आना सामने। हम पीछे ही ठीक हैं। सामने बहुत भीड़ है। निकलने में बहुत दिक्कत होगी," आकाश ने शिल्पा से कहा।

बात भी सही थी। लगभग 10,000 लोगों की भीड़ थी और उनमें से ज़्यादातर उस सिंगर के पीछे पागल थे। ऐसे में आकाश और योगेश जैसे नीरस लड़कों के लिए आगे जाने का कोई मतलब नहीं था। वो बस उस प्रोग्राम के ख़त्म होने का इंतज़ार कर रहे थे ताकि शिल्पा को उसके घर छोड़ सकें। जैसे ही प्रोग्राम ख़त्म हुआ शिल्पा को उन्होंने वापस जाने ले लिए बुला लिया। आकाश शिल्पा और बाक़ी सब लोगों के साथ बाहर जाने ही वाला था कि माइक पर एक आवाज़ ने सबको रोक लिया।

"दोस्तो, आज आप लोगों ने इस प्रोग्राम को ज़रूर एन्जॉय किया होगा और आपको करना भी चाहिए। लेकिन हमारे समाज में कुछ ऐसे बच्चे भी हैं जिनके लिए पढ़-लिख कर ऐसे कॉलेज में आना किसी सपने से कम नहीं है। हमारा एनजीओ ऐसे ही गरीब बच्चों को पिछले 3 सालों से मुफ़्त में पढ़ा रहा है। लेकिन अब हमें और लोगों की ज़रूरत है। हमें आपके पैसों से ज़्यादा आपके समय की ज़रूरत है। क्या आप हमें अपने जीवन का कुछ समय दे सकते हैं?"

माइक में आकाश इतना सुनते ही समझ गया था कि ये उसकी माहीं है। वो दौड़कर स्टेज की ओर भागा। लेकिन ये भीड़ मामूली थोड़ी न थी। माहिरा

बोले जा रही थी और आकाश आगे जाने की कोशिश कर रहा था। बड़ी-सी स्क्रीन पर उसका चेहरा तो दिख रहा था लेकिन चमकीली लाइट लगी होने के कारण इतना भी साफ़ नहीं था। आकाश जैसे ही स्टेज के पास पहुँचने वाला था, उतने में ही माहिरा अपना भाषण ख़त्म कर पीछे के रास्ते से बाहर जाने लगी। लोग भी अब आगे के रास्ते से बाहर निकलने लगे थे। ऐसे में आकाश बस 'माहिरा-माहिरा' चिल्लाता रह गया। एक बार तो माहिरा ने हल्का-सा पलटकर देखा भी। लेकिन उसके बाद वो चली गयी।

एक तरफ़ आकाश खुश था कि उसे आख़िरकार माहिरा दिख ही गई तो दूसरी तरफ़ दुखी भी था कि वो उससे मिल नहीं पाया। लेकिन जब मंज़िल नज़र आने लगे तो रास्ता कट ही जाता है। माहिरा से मिलना आकाश के लिए बहुत आसान था, क्योंकि शिल्पा आसानी से उसका पता निकलवा सकती थी। अब आकाश माहिरा से मिलने को बेकरार हो चला था और मैं भी तो अपने ऑपरेशन के लिए इंदौर पहुँचने ही वाला था।

मिलन को बेक़रार

"माहिरा परवीन। फ़ाउंडर ऑफ़ 'बचपन' एनजीओ। यार आख़िर मैं उसका नाम क्यों देख नहीं पाई? अगर पहले ही देख लेती तो कल ही हम उससे मिल लेते," शिल्पा ने उसके एनजीओ के कागज़ात देखते हुए सबको बताया।

"कोई नहीं शिल्पा। अच्छा हुआ हम तेरे चक्कर में वहाँ रुक गए वरना शायद हम उसे देख ही नहीं पाते," आकाश ने शिल्पा से कहा।

"देखा, मैं ही हूँ जो जाने-अनजाने में तुम लोगों के काम आती हूँ," शिल्पा ने मज़े लेते हुए कहा।

"हाँ ठीक है। चल अब बिना नख़रे किए उसके एनजीओ का पता बता दे।"

"ये पूरे कागज़ात ही रख ले। नीचे उसके ऑफ़िस का पता है और पिछले पेज में जहाँ पर वो लोग बच्चों को पढ़ाते हैं उसका पता।"

"ठीक है। मैं अभी ही निकल रहा हूँ उससे मिलने।"

"निकल जा और अकेले ही मिलकर मत आ जाना। उसे हम सबसे मिलाने भी लाना।"

"तू पहले मिलने तो दे। क्या पता पहले जैसे बात ही न करे?"

"ठीक है। तू बस जा। ये सब मत सोच।"

आज आकाश का दिल ठीक उसी तरह सुकून से भरा था, जैसे सालों के इंतज़ार के बाद किसी बंजर ज़मीन पर बारिश बस होने ही वाली हो।

जो आकाश महीनों तक बालों पर कँघी नहीं करता था वो आज बालों में जेल लगाकर,कपड़ों में इत्र लगाकर और नए जूते पहनकर माहिरा से मिलने जा रहा था। जैसे-जैसे उसका ऑफ़िस करीब आता जा रहा था। उसके दिल की धड़कनें तेज़ होती जा रही थीं। जब वह ऑफ़िस के बाहर पहुँचा तो देखा कि एक छोटा-सा 'बचपन' एनजीओ का बोर्ड लगा हुआ था। ऑफ़िस के अंदर

जाने पर पता चला कि माहिरा अभी बच्चों को पढ़ाने गई है और आधे घंटे में ऑफ़िस आएगी। तब तक आकाश ऑफ़िस को निहारता रहा। ऑफ़िस के एक कोने में किताबें ठीक उसी तरह से रखी हुई थीं जैसे पहले उसके घर में रखी हुई होती थीं।

लेकिन आकाश ने जब ऑफ़िस के एक कोने में माहिरा के पापा की तस्वीर के ऊपर हार चढ़ा देखा तो वह सन्न रह गया। उसे ऐसा लगा जैसे कल की ही बात हो जब माहिरा के पापा को उसने इत्र दिया था। उनके चेहरे की स्थिरता और संयमित आवाज़ आकाश को अपनी आँखों के सामने क्रमशः दिखाई और सुनाई दे रही थी। आकाश का चेहरा पसीने से तर-बतर हो गया था। किसी तरह आकाश ने रुमाल से अपना चेहरा साफ़ किया। अब उसे समझ नहीं आ रहा था कि वो माहिरा से कैसे मिले? क्या उसे माहिरा को देखकर ख़ुश होना चाहिए या उसे सांत्वना देनी चाहिए? ऐसे कितने की सवाल आकाश के मन में चल रहे थे। ऑफ़िस में बैठी लड़की ने बताया कि माहिरा को आने में थोड़ा वक़्त और लगेगा।

आकाश चाहकर भी अपनी भावनाओं को समझ नहीं पा रहा था। अंत में उसने तय किया कि कम-से-कम आज तो वह माहिरा से नहीं मिलेगा। वो तुरंत ही ऑफ़िस से बाहर निकल कर जाने लगा और सामने बस स्टैंड पर जाकर बस के आने का इंतज़ार करने लगा। जब बहुत देर तक बस नहीं आई तो वह सामने कैफ़े में जाकर बैठ गया और चाय ऑर्डर कर दी।

आकाश चाय को देखते हुए अपने ही ख़यालों में डूबा हुआ था। तभी आकाश को इत्र की जानी-पहचानी खुशबू आने लगी। ये वही इत्र था जो माहिरा हमेशा लगाती थी। आकाश की धड़कनें तेज़ हो चुकी थीं। अब उसकी नज़रें माहिरा को खोजने लगीं। उसे लगा जैसे माहिरा आस-पास ही है। पूरी तरह नज़र दौड़ाने के बाद भी उसे माहिरा नहीं दिखी। आकाश ने इसे अपना वहम मान लिया था। लेकिन उसे क्या पता था कि कैफ़े के दूसरे भाग में माहिरा बैठी थी। कहते हैं प्यार करने वाले कितने भी दूर क्यों ना हों उनके दिल आपस में जुड़े ही होते हैं। आज माहिरा को भी आकाश की याद आ रही थी।

माहिरा चाय की चुस्कियाँ लेते हुए खिड़की से कैफ़े के बाहर देख रही थी। कुछ पलों के लिए उसे ऐसा लगा जैसे आकाश सामने से निकला। लेकिन अगले ही पल वो आँखों से ओझल हो गया। कभी-कभी हालात हमें सच्चाई

को मानने से भी इनकार कर देते हैं। माहिरा ने भी उसे अपने मन का वहम मान लिया। थोड़ी देर में वो भी अपने ऑफ़िस चली गई।

शाम हो चली थी। आज आकाश घर वापस न जाकर इंदौर के प्रसिद्ध खजराना गणेश मन्दिर गया। वहाँ जाकर आकाश बस भगवान से माहिरा के सामने खड़े होने की हिम्मत माँगता रहा। भगवान तो भगवान होते हैं जब सबकी सुनते हैं तो आकाश की कैसे नहीं सुनते। जैसे ही आकाश मन्दिर की सीढ़ियों से नीचे उतरने लगा, उसके सामने माहिरा खड़ी थी। एक-दूसरे को देखते ही दोनों के मन में शायद एक साथ एक ही गाना चला होगा,

'आई ऐसी रात है जो बहुत ख़ुशनसीब है चाहे जिसे दूर से दुनिया वो मेरे करीब है। कितना कुछ कहना है फिर दिल में सवाल कहीं।'

"आ...का...श," माहिरा ने जितना लम्बा खींचकर आकाश का नाम लिया उतने में कई आकाश उस नाम में समा सकते थे।

दोनों के चेहरे भावहीन हो चुके थे। न मन्दिरों की घंटियों की आवाज़ उन्हें सुनाई दे रही थी और न आस-पास के पेड़ों पर चहकने वाले पंछियों की आवाज़। दोनों एकटक एक-दूसरे को देखे जा रहे थे। आकाश को फिर भी पता था कि वो माहिरा से मिलने वाला है, लेकिन माहिरा के लिए यह बिलकुल किसी सपने के जैसा था।

"माहिरा?" आकाश ने माहिरा के हाथों को हल्के से पकड़ते हुए कहा।

"आकाश तुम यहाँ कैसे? इंदौर में? तुम ठीक हो ना? अकेले रहते हो?" माहिरा ने सवालों की झड़ी लगा दी।

"माहिरा। चुप हो जाओ। चलो वहाँ चलकर बैठते हैं," आकाश ने कहा।

जब माहिरा पूरी तरह सामान्य हो गई तब आकाश ने बोलना चालू किया।

"हाँ माहिरा। मैं पिछले तीन सालों से इंदौर में ही रहता हूँ। साथ में योगेश, खिलेश, राकेश और शिल्पा भी हैं। योगेश को छोड़कर हम सब एक ही कॉलेज में पढ़ते हैं। वही कॉलेज जहाँ कल तुम अपने एनजीओ के लिए डोनेशन लेने गई थीं," आकाश ने बताया।

"अच्छा। तो तुमने मुझे कल ही देख लिया था?" माहिरा ने पूछा।

"हाँ, और मैं तुम्हारे ऑफ़िस भी आया था आज। तुमसे मिलने।"

"अच्छा तभी मुझे ऑफ़िस में बैठने वाली लड़की ने बताया कि कोई मिलने आया था। फिर पापा की तस्वीर देखने के बाद थोड़ा परेशान होकर चला गया।"

''हाँ। मुझे अंकल की तस्वीर देखने के बाद समझ ही नहीं आ रहा था कि मैं तुम्हारा सामना कैसे करूँगा। इसलिए मैं सामने कैफ़े में थोड़ी देर बैठने के बाद सीधा यहाँ आ गया और पिछले एक घंटे से यहाँ बैठा हूँ।''

''आकाश शायद आज हमें मिलना ही था। क्योंकि जिस कैफ़े में तुम बैठे थे उसी कैफ़े में मैं भी थी। जब तुम सामने से गए तो मुझे लगा कि वो मेरा वहम था। लेकिन अब मालूम चल रहा है मुझे कि वो तुम ही थे।''

''माहिरा सच बोल रहा हूँ। मुझे भी कैफ़े में तुम्हारे इत्र की खुशबू तुम्हारे होने का एहसास करा रही थी। लेकिन मैंने भी इसे तुम्हारी तरह वहम ही माना था।''

''चलो अच्छा ही हुआ ना! वहाँ नहीं मिल सके इसलिए भगवान के घर मिल रहे हैं। और कल तुम मुझे देखकर आश्चर्य में ज़रूर पड़े होगे।''

''नहीं माहिरा, हम तुम्हें पिछले तीन दिनों से फ़ेस्ट में ढूँढ रहे थे। हम सब ने हर इवेंट में जाकर खोजा तुम्हें। यहाँ तक कि इवेंट्स में भाग लेने वाले स्टूडेंट्स के पूरे आईडी काड्र्स भी चेक कर लिए। लेकिन फिर भी तुम कहीं नहीं मिलीं और जब हम कल घर जाने ही वाले थे तब तुम्हारी आवाज़ सुनाई पड़ी।''

''लेकिन तुम्हें यह कैसे मालूम चला कि मैं इस फ़ेस्ट में आने वाली हूँ?''

''तुम्हारे फ़ेसबुक के प्रोफ़ाइल से। जिसमें तुमने 'माहीं' नाम से अपना अकाउंट बनाया है।''

''लेकिन मेरा अकाउंट अचानक कैसे मिला तुम्हें? मैं तो फ़ेसबुक ही बहुत कम चलाती हूँ।''

''मुझे नहीं मिला। राकेश को मिला। वो हमारे ऐप के स्पॉन्सरशिप के लिए फ़ेस्ट के इवेंट्स की फ़ॉलोविंग देख रहा था। तभी उसे तुम्हारा अकाउंट मिला, जिसमें तुमने फ़ेस्ट में आने के लिए 'गोइंग' मार्क करके रखा था।''

''आकाश पापा के गुज़र जाने के बाद मैं ज़्यादा ही टूट गई थी। ऐसे ही एक दिन तुमको याद करते हुए मैंने माहीं के नाम से वो प्रोफ़ाइल बनाया था और क़िस्मत का खेल देखो कि उसी फ़ेसबुक के ज़रिए हम मिल रहे हैं,'' माहिरा ने चहकते हुए कहा।

''हाँ माहिरा। लेकिन अंकल के साथ क्या हुआ? तुमने कभी हमसे सम्पर्क क्यों नहीं किया?''

''आकाश ईद के दिन जो लैटर तुमने मुझे दिया था वो पापा ने पढ़ लिया था और उसके बाद टॉकीज़ में पापा ने हम दोनों को देख लिया। उसके बाद से

ही पापा ने यह मन बना लिया था कि वो भिलाई से दूर अपना ट्रांसफ़र करा लेंगे और मेरा तुम सब लोगों से नाता तोड़ देंगे। जब हम यहाँ आए तो पापा भिलाई की तरह यहाँ भी गरीब बच्चों को पढ़ाने लगे। लेकिन एक एक्सीडेंट में वो चल बसे और तब से मैं ही इस एनजीओ को चलाती हूँ।''

''माहिरा फिर क्या तुम कॉलेज नहीं जाती हो?'' आकाश ने पूछा।

''जाती हूँ। लेकिन कॉलेज वालों ने मुझे कॉलेज नहीं आने की छूट दे दी है।''

''अच्छा। अंकल के बारे में सुनकर मुझे बहुत धक्का लगा। ऐसे में तुमको क्या लगता है, अगर वो आज होते तो क्या हम दोनों को मिलने देते?'' आकाश ने संजीदगी से पूछा।

''हाँ आकाश। यहाँ आने के बाद जब मैं एक दिन बहुत रो रही थी, तब उन्होंने कहा था कि आकाश बुरा लड़का नहीं है। बस तुम दोनों की उम्र अभी तुम्हें इसकी इजाज़त नहीं देती है।''

''अब तो हम बड़े हो गए हैं माहिरा। काश, वो भी यहाँ होते तो देख पाते कि तुमने इस एनजीओ को कितना आगे बढ़ा दिया है।''

''हाँ, आकाश। लेकिन हमें क़िस्मत के आगे घुटने टेकने ही पड़ते हैं। वैसे तुमने मुझे पराया कर दिया है ना?'' माहिरा ने नाराज़गी जताते हुए कहा।

''नहीं माहिरा। ऐसा क्यों बोल रही हो?'' आकाश ने हैरानी से पूछा।

''क्यों तुम मुझे कब से माहिरा बोल रहे हो। एक बार भी माहीं नहीं बोला।''

''ठीक है बाबा। आज मेरी माहीं मुझे वापस मिल गई है,'' ऐसा बोलकर आकाश ने माहिरा को गले से लगा लिया।

लगातार बातें चलने के कारण शाम अपना वजूद छोड़कर रात में समा चुकी थी। ऐसे में आकाश माहिरा को घर छोड़ने जाने लगा। इतने में शिल्पा का फ़ोन आया कि मैं, मतलब कमलेश कल इंदौर आने वाला हूँ। इसी समय आकाश ने माहिरा को अपने ऐप की पूरी बात बताई और साथ में यह भी बताया कि इस ऐप की कमाई का एक बड़ा भाग वो मेरे ऑपरेशन में लगाने वाले हैं। अब मैं भी तीन साल बाद आकाश और सभी लोगों से मिलने का इंतज़ार करने लगा था।

30 मार्च-2011

''राकेश इन तीन सालों में हमारे पास कितने पैसे इकट्ठे हुए हैं?'' आकाश ने पूछा।

''क़रीब 12 लाख। इनमें से 1 लाख स्पॉन्सरशिप के लिए लग गए। बाक़ी अभी भी 11 लाख बचे हैं,'' राकेश ने बताया।

''कमलेश ऑपरेशन के लिए इंदौर आ गया है। क्या हम ये 10 लाख उसके पापा को दे सकते हैं? अगर तुम सब लोगों को कोई दिक्कत न हो तो?'' आकाश ने पूछा।

''हमें क्यों दिक्कत होगी। उसी के इलाज के लिए तो तीन सालों से इतनी मेहनत कर रहे थे,'' योगेश ने कहा।

''ठीक है। वैसे आज इंडिया का पाकिस्तान के साथ सेमीफ़ाइनल भी है। हम लोग कमलेश से अभी ही जाकर मिल लेते हैं,'' राकेश ने कहा।

''ठीक है। जल्दी चलते हैं,'' आकाश ने कहा।

सब लोग अब मेरे से मिलने हॉस्पिटल आ रहे थे। रास्ते में उन्होंने शिल्पा और माहिरा को भी ले लिया। बीते कुछ दिनों में माहिरा वापस ग्रुप का हिस्सा बन गई थी। अब इस ग्रुप में बस मेरी कमी थी। मैं भी इन सबसे मिलने को आतुर था, लेकिन इन तीन सालों में शिल्पा को छोड़ किसी से भी मैं नहीं मिल पाया था। आज भी मेरे पापा, आकाश और योगेश से गुस्सा थे। मुझे बस यह डर लग रहा था कि कहीं वो उन दोनों को मेरे से मिलने से रोक न दें।

''अंकल जो कुछ भी हुआ उसके लिए शायद आप हमें कभी भी माफ़ नहीं कर पाओगे, लेकिन प्लीज़ हमारे तरफ़ से यह रख लीजिए,'' योगेश ने 10 लाख का चेक मेरे पापा को देते हुए कहा।

''बेटा ऐसा मत बोलो। मैंने तुम दोनों को कब का माफ़ कर दिया है लेकिन कमलेश जब तक ठीक नहीं हो जाता मेरे मन में बेचैनी बनी रहेगी,'' पापा ने कहा।

''हाँ अंकल। लेकिन कम-से-कम हमारे पाप का प्रायश्चित समझ कर यह चेक रख लीजिए। हमें पता है कि आपने कमलेश के ऑपरेशन के लिए लोन लिया है। हमें अपनी गलती सुधारने का मौका तो दीजिए,'' आकाश ने भावुक होते हुए कहा।

''ठीक है बेटा। कमलेश अंदर है। जाओ जाकर मिल लो उससे,'' पापा ने कहा।

जब आकाश और योगेश अंदर जाने लगे तो पापा बोल पड़े—

''बेटा सुनो। कमलेश बहुत ख़ुशक़िस्मत है कि उसे तुम लोगों जैसे दोस्त मिले।''

इतना सुनकर आकाश और योगेश की ख़ुशी का ठिकाना नहीं था। वो दौड़कर कमरे में घुसे।

''अरे। देखो तो चश्मिश को तो दाढ़ी आने लगी है। पहचान में नहीं आ रहा है तू,'' योगेश ने घुसते ही मुझे छेड़ा।

''तो फिर क्या? और तुम लोग अपने भज्जी से मिलने नहीं आओगे तो कैसे पहचान पाओगे,'' मैंने भी अपना बनावटी गुस्सा दिखाते हुए कहा।

''नहीं यार। भूले नहीं थे हम तुझे। बस तेरे लिए कुछ करना चाहते थे और उसके पहले तुझे अपना चेहरा नहीं दिखाना चाहते थे,'' आकाश ने कहा।

उसका इतना कहना था कि हम तीनों गले लगकर रो पड़े। शिल्पा की आँखें भी भर आई थीं।

जब मैंने माहिरा को देखा तो मुझे कुछ भी समझ नहीं आया कि वो इन सब से कैसे मिली। तब आकाश ने माहिरा के साथ उसके मिलन की पूरी कहानी सुनाई। उस दिन पूरा समय इन लोगों के साथ कैसे बीता पता ही नहीं चला। ये लोग तो दोपहर तक घर जाने वाले थे, लेकिन जब उन्होंने हॉस्पिटल के वेटिंग हॉल में टीवी देखा तो सभी लोग वहीं बैठ कर मैच देखने लगे।

बीच-बीच में कोई-न-कोई व्हीलचेयर के सहारे मुझे भी मैच दिखाने के लिए वेटिंग हॉल में लाता रहता था। इंडिया वैसे भी वर्ल्ड कप में पाकिस्तान से कोई मैच नहीं हारा था। इसलिए आज भी थोड़ी मेहनत करने के बाद इंडिया फ़ाइनल में पहुँच गया था। ठीक फ़ाइनल वाले दिन मेरा ऑपरेशन भी था, इसलिए अब इससे आगे की कहानी मैं नहीं बता सकता। अब कहानी के अंतिम चरण को पूरा करने की ज़िम्मेदारी मैं उसको देता हूँ, जिसके आने से हमारे ग्रुप में नई जान आ गई थी और जिसके जाने की ख़बर से ही सब कुछ ख़त्म हो गया था।

सपने हुए साकार

दोस्तो, कमलेश मुझे कहानी के अंतिम पड़ाव को सुनाने की ज़िम्मेदारी दे गया है। दरअसल ये हमारी कहानी का अंतिम पड़ाव नहीं था, लेकिन शायद इस कहानी को इस खूबसूरत मोड़ पर छोड़ देना ही बेहतर था। इसलिए मैं पूरी कोशिश करूँगी कि आप लोगों को बता सकूँ कि प्यार, उम्मीद और सपनों के छोड़ने के बाद भी कैसे दोस्ती ने किसी का साथ नहीं छोड़ा। मैं मानती हूँ कि मैं इन दोस्तों का साथ नहीं दे पाई, लेकिन आज इस कहानी के अंतिम पड़ाव में ख़ुद को वापस इन लोगों के बीच पाकर मैं शायद अपनी टीस थोड़ी कम करना चाहती हूँ। जी हाँ, मैं माहिरा हूँ। तो चलिए कहानी में वापस चलते हैं।

2 अप्रैल-2011

आज का दिन हम सबके लिए बहुत ही ख़ास था, क्योंकि यह वर्ल्ड कप सिर्फ़ एक क्रिकेट का मैच न होकर हम सबकी ज़िन्दगी बन चुका था। एक तरफ़ जहाँ योगेश का आईपीएल टीम में सेलेक्शन होना दाँव पर लगा था। तो वहीं दूसरी तरफ़ इन लोगों के मोबाइल ऐप का भी टाई-अप होने वाला था। अगर यह टाई-अप हो जाता तो ऐप की कमाई के जो पैसे सबने कमलेश के इलाज के लिए निकाल लिए थे, उनको भी कुछ ही महीनों में वापस कमा सकते थे। वरना बिना टाई-अप किए यह करना इतनी जल्दी संभव नहीं था और शायद उनका बिज़नेस भी धीमा पड़ सकता था।

साथ-ही-साथ कमलेश के पैर से भी रॉड निकालना था। जिसके बाद वो कुछ ही महीनों में वापस सामान्य लोगों की तरह खेल सकता था। शिल्पा इसीलिए ख़ुश थी, क्योंकि जिन दोस्तों के सपनों के लिए उसने अपना एडमिशन एक सामान्य से कॉलेज में कराया था, उनका सपना आज पूरा होने वाला था। अब बची मैं? मैं भिलाई छोड़ने के बाद पूरी तरह टूट गई थी और बाक़ी की

कसर पापा के एक्सीडेंट ने पूरी कर दी। ऐसे में मेरी ज़िन्दगी में निजी खुशी या गम के लिए कोई जगह नहीं थी। लेकिन आकाश मेरी ज़िन्दगी में ऐसे आया जैसे पतझड़ के मौसम में किसी पौधे में कोई नया फूल खिल गया हो।

आज हम सुबह ही हॉस्पिटल पहुँच गए थे। कमलेश के साथ बस उसके मम्मी-पापा आए थे। ऐसे में उनके साथ होना हम लोगों के लिए बहुत ज़रूरी था। साथ ही डॉक्टर ने बताया था कि खून की भी ज़रूरत पड़ सकती है। इसीलिए कोई भी कहीं जाना नहीं चाहता था।

''मेरे पैर का रॉड अच्छे से तो निकल जाएगा ना? कहीं कोई दिक्कत तो नहीं होगी?'' कमलेश ने थोड़ा घबराते हुए पूछा।

''नहीं। कोई दिक्कत नहीं होगी। यहाँ के डॉक्टर बहुत अनुभवी हैं।'' आकाश ने कमलेश को समझाया।

''हाँ, तुम ज़रा-सी भी टेंशन मत लो। हम सब तुम्हारे साथ ही हैं और गुगली डालना भूले तो नहीं हो ना? ऑपरेशन के बाद जब तुम्हारे ठीक होने पर हम मैच खेलेंगे तो पहला ओवर तुम ही डालोगे,'' योगेश ने कमलेश को हौसला दिलाते हुए कहा।

''हाँ भाई, और मैं विकेट भी निकाल कर दूँगा,'' कमलेश ने उत्साह से कहा।

इतने में नर्स आ गई। उन्होंने बताया कि ऑपरेशन के लिए कमलेश को थोड़ी देर में अंदर ले जाया जाएगा। हम सब उसके रूम से बाहर आकर वेटिंग रूम में बैठ गए। अब कमलेश अपने मम्मी-पापा के साथ था। वेटिंग रूम में टीवी चल रहा था। इंडिया और श्रीलंका का फ़ाइनल बस कुछ ही पलों में चालू होने वाला था। एक तरफ़ हमारा ध्यान कमलेश की ओर था तो दूसरी तरफ़ मैच भी हम नज़र बनाए हुए थे।

''जिस कंपनी से हमारा टाई-अप हो सकता है, उसके शेयर आज सुबह से तेज़ी के साथ गिर रहे हैं,'' राकेश ने आकाश के कान में फुसफुसाया।

''ऐसे में क्या वो हमारे साथ टाई-अप नहीं करेंगे क्या?'' आकाश ने पूछा।

''पिछले तीन दिनों में 50 रुपए गिर गया है। ऐसे में अगर इंडिया नहीं जीता तो कंपनी का शेयर और गिर जाएगा। आख़िर इंडिया की टीम की जर्सी पर उनका लोगो लगा हुआ है,'' राकेश ने बताया।

"मुझे उम्मीद है इंडिया 28 सालों बाद आज वर्ल्ड कप जीतेगा। बस तू योगेश की तरफ़ ध्यान दे। वो भी आज बहुत तनाव में है," आकाश ने राकेश से कहा।

"हाँ। मैं उससे बातें करता रहता हूँ। तू कमलेश के पापा के साथ ही बैठ जा," राकेश ने सुझाव दिया।

श्रीलंका बैटिंग करने मैदान में आ चुकी थी। हॉस्पिटल होने के बावजूद लोगों में मैच को लेकर काफ़ी उत्साह था। लेकिन योगेश के चेहरे पर बहुत तनाव था। आज जब उसके ज़हीर भाई ने थरंगा को आउट किया फिर भी वो कुछ नहीं बोला। बस आशा भरी नज़रों से टीवी देखे जा रहा था। इधर कमलेश का ऑपरेशन चालू हो गया था। उसका ऑपरेशन ख़त्म होने में लगभग 6-7 घंटों का समय लगने वाला था। इतना ही समय मैच ख़त्म होने में भी लगने वाला था। मैच और ऑपरेशन दोनों साथ-साथ आगे बढ़ रहे थे। इधर जयवर्धने तेज़ी से रन बना रहा था तो उधर डॉक्टर ने आकर बताया कि कमलेश के पैर में पस जमा हो गया है। ऐसे में ऑपरेशन अब थोड़ा ज़्यादा रिस्की हो चला था। कमलेश की मम्मी ने रोना चालू कर दिया था। हम चाहते हुए भी कुछ नहीं कर सकते थे। सिर्फ़ भगवान से दुआ कर रहे थे कि भले ही इंडिया मैच हार जाए, लेकिन कमलेश का ऑपरेशन अच्छे से हो जाए।

जयवर्धने ने शतक मार कर श्रीलंका के स्कोर को 274 तक पहुँचा दिया था। मार्केट इंडिया की जीत को लेकर निश्चित नहीं था, इसलिए उस कंपनी के शेयर के दाम गिरते जा रहे थे। इतने में कमलेश की तरफ़ से भी बुरी ख़बर आई। डॉक्टर ने बताया कि कमलेश के पैर में पस के कारण इन्फ़ेक्शन हो गया है और काफ़ी ख़ून भी बह गया है। ऐसे में कमलेश को ख़ून की बहुत ज़रूरत थी।

वैसे तो हम सब ख़ून देने को तैयार थे। लेकिन कमलेश का ब्लड ग्रुप 'ओ नेगेटिव' निकला। डॉक्टर ने बताया कि यदि जल्दी ब्लीडिंग नहीं रोकी गई तो पैर काटना भी पड़ सकता है। जितनी बोतलें ख़ून की रिज़र्व रखी गई थीं सब ऑपरेशन में उपयोग हो रही थीं। इधर इंडियन टीम में भी सचिन और सहवाग दोनों ही जल्दी आउट हो गए थे। हमारी उम्मीदें धूमिल होती जा रही थीं।

"अबे, तुम अपनी पूरी टीम लेकर हॉस्पिटल पहुँचो। हमें 'ओ नेगेटिव' ब्लड की ज़रूरत है," योगेश ने किसी से फ़ोन पर कहा।

"मैंने फ़ेसबुक पर पोस्ट कर दिया है। कोई-न-कोई ज़रूर मदद करेगा," राकेश ने हमें बताया।

आधे घंटे बाद भी जब कोई 'ओ नेगेटिव' ब्लड ग्रुप वाला नहीं मिला तो आख़िर सबके सब्र का बाँध टूट गया। शिल्पा फूट-फूट कर रोने लगी थी। आकाश उसे सँभाल रहा था। कमलेश की मम्मी को उसके पापा सँभाल रहे थे। और मैच देखने में तो किसी को कोई भी दिलचस्पी नहीं थी।

"क्या आपको 'ओ नेगेटिव' ब्लड की ज़रूरत है," एक अनजान लड़के ने अचानक ही हमसे पूछा।

"हाँ। क्या आपका ब्लड 'ओ नेगेटिव' है," आकाश ने पूरी उम्मीद के साथ पूछा।

"हाँ, मेरे दोस्त का एक्सीडेंट हो गया था और उसे ही ब्लड देने मैं यहाँ आया था। लेकिन मेरे आने से पहले ही उसने दम तोड़ दिया," उसने रोते हुए बताया।

"हमारा दोस्त भी बहुत ख़तरे में है। कृपया उसकी जान बचा लीजिए," आकाश ने गिड़गिड़ाते हुए कहा।

"बिलकुल। मैं अपने दोस्त को बचा न सका, लेकिन आपके दोस्त की जान बचाऊँगा।"

अब बिना किसी देरी के आकाश उसको ब्लड बैंक में लेकर गया। जहाँ उसने 2 यूनिट ब्लड डोनेट किया। डॉक्टर ने भी अंदर से ख़बर भिजवाई कि अब कमलेश की ब्लीडिंग रुक गई है और सब सामान्य है।

मैच भी अब इंडिया की मुट्ठी में आता दिख रहा था। धोनी और गंभीर धीरे-धीरे लक्ष्य की ओर बढ़ रहे थे। डॉक्टर्स ने आकर बताया कि ऑपरेशन भी अपने अंतिम चरण पर पहुँच गया है। जहाँ थोड़ी देर पहले हम तनाव से पागल हो गए थे, वहीं अब हमारे चेहरों पर मुस्कान वापस आ गई थी। कमलेश को किसी भी पल ऑपरेशन थियेटर से बाहर निकाला जा सकता था। वहीं स्टेडियम में लोग वन्दे मातरम गा रहे थे। योगेश की आँखें पूरी तरह से भर आई थीं। उस कंपनी के शेयर के भाव भी पिछले एक घंटे में वापस से बढ़ गए थे। योगेश जहाँ ख़ुद को आईपीएल टीम में खेलता देख रहा था तो आकाश और बाक़ी लोग अपने मोबाइल ऐप को इंडिया का सबसे पॉपुलर क्रिकेट ऐप बनते देख रहे थे।

वैसे ऐन वक़्त पर गंभीर ने आउट होकर इनके सपनों में ख़लल ज़रूर

डाल दिया था। इतने में ही कमलेश को बाहर निकाला गया और उधर रवि शास्त्री भी चिल्ला उठे।

''इंडिया लिफ्ट्स द वर्ल्ड-कप आफ़्टर 28 ईयर्स।''

पूरा हॉस्पिटल ख़ुशी से झूम उठा था। पटाख़ों की आवाज़ से सारा शहर गूँज उठा था। लोग एक-दूसरे को गले लगा रहे थे।

हम सब इंडिया की टीम के जैसे ही एक गोला बनाकर नाच रहे थे। कभी हम योगेश को बधाई देते तो कभी योगेश आकाश को गले लगाकर ख़ुशी से रो पड़ता। हम सबके सपने साकार हो चुके थे। शायद इस कहानी का इससे अच्छा अंत कुछ नहीं हो सकता था, लेकिन रुकिए ये आकाश कहानी को बीच में छोड़कर चला गया था। वो कुछ कहना चाहता है आप लोगों से। ध्यान से सुनिएगा।

6 महीने बाद...

"अबे, दम है तो हमें आउट करके दिखा," खिलेश ने कमलेश से कहा। अगली ही बॉल पर कमलेश ने गुगली डालते हुए उसे आउट कर दिया। आज हमारा पूरा ग्रुप हमारे स्कूल वापस आया था। वही भिलाई का स्कूल जहाँ से कहानी की शुरुआत हुई थी। लेकिन फ़र्क इतना है कि पहले हम यहाँ के स्टूडेंट थे और अब यहाँ हमें सम्मानित करने को बुलाया गया था। इन 6 महीनों में योगेश जहाँ आईपीएल टीम का हिस्सा बनकर अपने ज़हीर भाई के साथ खेला करता था तो हमारा ऐप हर क्रिकेट प्रेमी के मोबाइल में पहुँच गया था। माहिरा के एनजीओ में अब हज़ार से ज़्यादा बच्चे पढ़ते थे। तो वहीं शिल्पा ने पूरे कॉलेज में टॉप किया था।

रही बात स्कूल की तो चौधरी सर ने बच्चों को रसीद देना बंद कर दिया था। दुबे सर और रम्या मैम की दोस्ती आज भी बरक़रार थी। शीला मैम की शादी हो चुकी थी। वहीं जोशी सर आज भी बच्चों को फ़िज़िक्स से ज़्यादा जीवन का ज्ञान देने में लगे थे।

और हाँ, हमारे अनूप भैया को कैसे भूल सकते हैं। उनकी टपरी अब होटल का रूप ले चुकी थी, लेकिन आज भी वो ट्वैल्थ के बच्चों को ग़ज़ल जाने की सलाह देते रहते थे।

आज हम अपने सामने कितने ही आकाश, शिल्पा, माहिरा, योगेश, कमलेश, खिलेश और राकेश को देख रहे थे। ख़ैर अब जाने का वक़्त आ गया है। लेकिन सच बताना कहानी सुनकर अपने दिन याद आ गए ना?

❑❑❑